Allitera Verlag

literatur
WERKstatt
berlin

Sie sind alle am Anfang ihrer schriftstellerischen Karriere, nicht älter als 35 Jahre. Die meisten suchen nach einer ernsthaften Herausforderung in der Literaturszene. Dazu haben sie die Chance – als Teilnehmerinnen und Teilnehmer des open mike der Literaturwerkstatt Berlin.

Der open mike ist ein internationaler Wettbewerb junger deutschsprachiger Prosa und Lyrik. Schon längst ist er über die Grenzen Deutschlands hinaus bekannt.

Viele Autoren, deren Namen heute im Literaturbetrieb bekannt sind, haben ihre Karriere beim open mike in der Literaturwerkstatt Berlin gestartet. Dazu gehören zum Beispiel Nico Bleutge, Karen Duve, Björn Kuhligk, Kathrin Röggla, Julia Franck, Terézia Mora, Jochen Schmidt, Zsuzsa Bánk und Tilman Rammstedt.

Sechs Lektorinnen und Lektoren aus renommierten Verlagen – Christian Döring (freier Lektor), Martin Hielscher (C. H. Beck), Marion Kohler (DVA), Olaf Petersenn (Kiepenheuer&Witsch), Christiane Schmidt (Hoffman und Campe), Dirk Vaihinger (Nagel & Kimche) – haben riesige anonymisierte Textberge abgetragen, sich durch 700 in die Wertung gekommene Einsendungen gelesen und die 20 interessantesten Texte herausgesucht. Die ausgewählten Autoren lasen im Finale im November 2010 in Berlin.

Der 18. open mike ist eine Gemeinschaftsveranstaltung der Literaturwerkstatt Berlin und der Crespo Foundation.

In Zusammenarbeit mit der WABE und dem Allitera Verlag.

18. open mike

Internationaler Wettbewerb
junger deutschsprachiger Prosa und Lyrik

Alle Wettbewerbstexte

Allitera Verlag

Weitere Informationen über den Verlag und sein Programm unter:
www.allitera.de

November 2010
Allitera Verlag
Ein Verlag der Buch&media GmbH, München
© 2010 Anthologie: Buch&media GmbH, München
© 2010 Texte: bei den Autoren
Umschlagbild: allstar designs
Umschlaggestaltung: Kay Fretwurst, Freienbrink
Herstellung: Books on Demand GmbH, Norderstedt
Printed in Germany · ISBN 978-3-86906-129-0

Inhalt

Martin Hielscher *Vorwort* · 7

Isabella Antweiler *Gedichte* · 10
Martina Bögl *Der Fuchs* · 25
Katharina Hartwell *Göteborg* · 31
Judith Keller *Miniaturen* · 38
Susan Kreller *My Huckleberry Friend* · 46
Anne Krüger *Schaumbad* · 53
Andreas Lehmann *Alles klar?* · 58
Janko Marklein *Wir stellen uns nicht dumm an* · 63
Philip Maroldt *Zwischen den Nullen und Einsen* · 70
Tom Müller *Himmel und Fleisch* · 75
Jennifer de Negri *Zwischen den Blättern der Platanen* · 83
Frauke Pahlke *Eis brechen* · 93
Sebastian Polmans *Über Peanuts, mich und andere Sachen* · 97
Stephan Reich *Gedichte* · 104
Christian Schich *Wenigstens starb ein Teil von mir* · 116
Jasmin Seimann *Herr Peichel* · 122
Jan Skudlarek *Digitaler Frühling* · 129
Jan Snela *Milchgesicht* · 141
Julia Trompeter *Die Mittlerin* · 146
Levin Westermann *Schimmelpilz als Zwiebelmuster* · 155

Die Autoren · 163
Die Jury · 168
Die Lektoren · 170
Preisträger und Jury 1993–2010 · 172

Martin Hielscher
Vorwort

Da kommt so ein Riesenpaket mit Texten ins Haus, und man erleidet die für Lektoren typische Form der *Angstlust*, über die Sigmund Freud einst schrieb, ohne den seltsamen Beruf des Lektors – nach wie vor kein Ausbildungsberuf – vor Augen zu haben, obwohl dieser sicher für die Symptomatik beispielhaft ist: Werde ich es schaffen, alle diese Texte mit gleich bleibender Aufmerksamkeit zu lesen? Werde ich ihnen gerecht? Lohnt sich die Mühe? Werde ich überhaupt etwas entdecken? Und wenn ja, wie?

Sicher fragen sich die inzwischen über 700 Bewerber, die ihre Texte anonymisiert für den *open mike* einschicken, ob diese wirklich aufmerksam gelesen werden, ob es fair zugeht und vor allem, nach welchen Kriterien die Lektoren, die die Auswahl für den jeweiligen Wettbewerb treffen und die ja auch wechseln, ihre Kandidaten aussuchen. Ich kann natürlich nur für mich sprechen.

Ich habe, so anstrengend es ist, wenn man mit einer Art Reinhold Messner-Flackern in den Augen sich den x-ten Text-Achttausender in seiner Laufbahn vornimmt, jeden Text auf meinem Stapel genau gelesen und mir zu jedem ein paar Stichworte notiert, zu jedem ein Urteil gebildet und zunächst die herausgefischt, die mir relevant erschienen, bis ich mich schließlich mit mir selbst auf drei Texte geeinigt habe, die ich, wie gewünscht, für den Wettbewerb nominiert habe. Warum gerade die?

Ich möchte es allgemein beantworten, weil solche Kriterien ja nicht nur für den *open mike* und andere Wettbewerbe oder auch die Auswahl für die Teilnahme an Literaturwerkstätten oder *textwerk*-Seminaren gelten, sondern letztlich für meine Programmarbeit insgesamt, wenn es um die Aufnahme neuer Autoren in ein ausdrücklich literarisches Programm geht – und sicher haben andere ähnliche Maßstäbe, wenn man nicht nach rein strategischen, kommerziellen, genretypischen oder medien- und zeitgeistkonformen Gesichtspunkten handelt, was ja von Programm und Verlag abhängt, für die man arbeitet. Strategische und kommerzielle Überlegungen spielen immer auch mit rein, selbst bei einem literarischen Programm, weil Verlage in der Regel Wirtschaftsunternehmen und keine rein mäzenatischen Institutionen sind und irgendwann immer die Gretchen-Frage gestellt wird – so unsinnig sie einem wiederum erscheinen mag, denn seit wann sind Verkaufszahlen per se ein Qualitätskriterium? – : Sag, wie hältst du's mit dem Umsatz?

Aber davon abgesehen: Zuerst zählen die Sprache, der Ton. Hat jemand eine Sprache, hat jemand erkennbar über seine Sprache nachgedacht oder widerfährt sie ihr oder ihm nur? Hat jemand einen eigenen Ton, oder wird Sprache nur als Transportmittel benutzt? Erkennt man ein handwerklich reflektiertes und – mehr als das – im guten Sinne eigensinniges Verhältnis zur Sprache und kann ich diesem Verhältnis vertrauen? Habe ich den Eindruck, dass jemand weiß, was sie oder er tut? Zuallererst muss ein Text eben durch etwas Eigenes, etwas, das darüber hinaus ästhetisch stimmig erscheint und einen auch zu interessieren vermag, auffallen. Das sprachlich Auffallende allein ist – jedenfalls für mich – dann aber auch kein allein seligmachendes Kriterium. Es geht auch darum, ob der Text, die Geschichte, die Erzählung – oder das Gedicht – etwas zu sagen haben, einen Gegenstand, einen Stoff, ein Motiv, eine Notwendigkeit, da zu sein und sich nicht in einem bloßen Gewolltsein, etwas etüdenhaft Unverbindlichen erschöpft. Und: Habe ich das schon einmal so gelesen? Ist das womöglich ein ganz neuer Ton, eine ganz ungewohnte Perspektive, eine ganz andere Stimmlage, etwas, das zugleich ganz für sich einzunehmen vermag, das vermitteln kann, dass es diesen Text einfach geben muss? Dass man ohne diesen Text etwas Bestimmtes gar nicht sehen würde? Man kann das alles auch einfacher, schlichter sagen – ein Gedicht, eine Erzählung sind schön – aber im Zweifelsfall muss man Schönheit erklären können.

Über den Unterschied zwischen einer Entscheidung für ein Gedicht oder einen Prosatext bei einem Wettbewerb und der Entscheidung für ein ganzes Buch in einem Verlagsprogramm könnte man noch viel sagen – allein der Platz dafür ist wohl nicht dieses Vorwort.

Wenn man sich aber einmal anschaut, welche Autorinnen und Autoren seit 1993 Preisträger des *open mike* geworden sind, dann kann man einen Eindruck von der geheimnisvollen Objektivität von solchen Auswahlprozessen bekommen. Anscheinend setzen sich doch – das ist nach all den Jahren und den Erfahrungen in solchen Auswahlprozessen wohl sagbar – die guten Texte tatsächlich in hohem Maße auch durch, werden erkannt und wieder erkannt. Und so wollen wir es beherzt auch von diesem Jahrgang denken.

Isabella Antweiler
Gedichte

wir träumen vom regenmachen

das land ist ein trockenes die
bäume tragen trauer werfen ihre kleider von
sich ziehen blank nur die fichten geben sich
züchtig genadelt das gras braunt die insekten
schwärmen um zu kleines obst am baum (dörr)

mensch & tier sengen ein und
davon wird es auch nicht kühler
wind fehlt auf der haut die
brennt vor schweiß klebrig getreide
staub bei der ernte fliegt

wir träumen vom regen
machen gespannte schirme auf wälzen
bücher internet suchen einen
zauber der vor der zeit die wolken bezirzt &
zum blitzen tropfen segen zwingt

wir singen wir tanzen wir bemalen
unsere gesichter mit rußiger wahrheit
tragen sie offen im haar beschwören die
formeln murmeln sprüchliches und ENDLICH:
der *blitz* schlägt ein & es
regnet

hurra ich kann regen machen
(zu wiederholen mit steigender lautstärke und betonung/verschwörerisch)

blauender tag / wortfang

an diesem tag wie ein traum traumhaft der tag
verschwörerisches wetter die sonne braut
sich zusammen möchte ich wörter auf
schnüre reihen die klarheit der atmosphäre auf
eine kette ziehen die reinheit nahezu unschuld
dieser sätze wie edelsteine mit wolken einfassen

an diesem tag bin ich so frei so frei
die wörter
wolkend einzufangen & sie mit
gedankenspucke aufs papier zu
kleben ich mache mich ganz leicht &
fliege über die bäume häuser
länder mit meinem netz aus geknüpftem licht &
betreibe *wortfang* erkunde
die buchstabenhimmel mit offenen
augen & taste die brise der wortsinne auf
der haut sie sind
kühl & sinnlich & aufregend & reizvoll

ein blauender genuss der tag sonnig sonnenvoll
& voll warmer worte flatternder sätze ich
lege sie behutsam in schachteln & beuteln ab damit
sie noch atmen können noch luft zum leben
haben ich lege die hände auf die papiere &
genieße den *blauenden tag*

ungültige währung oder entfernung

irgendwie bist du durch den zoll
gekommen hast dich herausgeschmuggelt bist
lange nach mir aus dem flieger
gestiegen wieder ein
in mein leben als blinder
passagier die

währung mit der du hier
bezahlen möchtest ist *ungültig*
geworden wir sind in einem
anderen land fern von
heimat vom
land unserer liebe du

hattest schon länger begonnen in
einer anderen sprache zu
reden fremdes & in rätseln
zu sprechen du hattest begonnen
fremde zungen einzulassen in unser
leben dich

zu entfernen ich habe den abstand nicht mehr
ausgehalten du hast mir keinen halt mehr
geboten wenn überhaupt
jemals ich suche versuche den
neubeginn woanders mit jemand
anders ich

hatte dich fern
zurück
lassen wollen werde dich
zurück werde dich in die ferne
schicken warum machst Du es
uns so schwer?

verletzungen / nahweh

i
& die kratzer & die wunden & die ab
schabungen schürfungen meiner
haut nein meiner seele

       meiner seelenhaut

ii
du puhlst in ihnen
herum & genüszlich (*nahweh*)
wer hat dir das befohlen mit
deiner angedeuteten liebe (umständehalber
abzugeben)
      »wie-soll-das-blosz-jemand-ertragen« aber

iii
es wird schon wer'n: alles

      in 1 kästchen packen & dann
      aufs meer setzen & davon schwimmen ziehen los
      & ab & sein
      lassen
      ich bin auf der hut (in gute hände)

      (*erlösung & einfachheit*)

salz

du vermisst das salz in der suppe den die
fadigkeit beendenden geschmack der
würze aber es ist nur noch eine zweck
(wohn)gemeinschaft übergangsweise
auseinander- verlebt wohnen
auf raten bis zur lösung
auseinander er& ablösung (endgültig)

brot auf dem küchentisch grundnahrung ver
sorgung für den
körper geist & herz sind schon lange aus& ab
gewandert haben sich eine
andere küche eine andere köchin
einen anderen tisch & fetisch gesucht

höflichkeiten von ferne & aus der distanz
anfänglicher art mit der suppen/kelle dem löffel aus
geteilt dann nur noch
tröpfchenweise schließlich
ver& besiegt unterlegen

nur noch deine leere
hülle am tisch worte machst
du keine große fehlten immer das
gewisse [...] [...]

einmal habe ich die suppe
mit kräutern gewürzt aber das war zwecklos
du fragtest wieder nach: salz

sterbenswörtchen

ganz still betritt die letzte stunde
das letzte zimmer vollgestellt mit den
sammelsurien des fast vollendeten lebens staub
auf gerahmten fotos mit längst verblichenen in

toten winkeln allmählich haben die atem
züge verspätung setzen unter seufzen
blasen in die belegte luft *letzte worte* von
bedeutung oder banal verstanden oder zu leise

gemurmelt kurz oder länger vergänglichkeit
macht sich bereit erinnerungen flattern
letztmalig auf & lassen sich nieder auf dem
kissen mit den dünnen weißen haaren atmen

& leben flackern dahin noch einmal für die
tochter ein letzter druck der gefleckten
altershand setzt   schließlich aus
der tod hat sein machtwort gesprochen das
letzte worte *für immer*

unterwegs

wir setzen unsere laute auf
einen flieger aus papier / papierflieger / tiger wir
reiten auf seinem rücken durch den dschungel erkunden
die gegend überfliegen sie flüchtig / auf der
flucht / überflieger aber
die luft wird dünner trägt nur
atmosphärische teilchen kein
platz für dich mich uns im himmel &
ein gewitter
zieht auf der regen weicht unseren
papiernen flieger zu brei wir stürzen ab fallen
aber nicht tief dafür
weich &
finden anklang

zerschnittene leinwand (& beklebt)

popartig sind wir erzogen plastik
müll & comicraster zeichnen den alltag
(kunst) nicht zum
verzehr geeignet verdauungsprobleme
selten fragwürdige weite/weise des erkennens in
jeglichem sinne *zerschnittene leinwand* mit system sturz
betrunken (ge)brechen seit urzeiten und der
sand im stundenglas knirscht &
ächzt (knochen/leim) wir
werden älter aber nicht
poppiger Lichtenstein
würde uns *vielleicht* verstehen
Lucio Fontana auf jeden fall

[zur Popart allgemein und konkret zu Lucio Fontanas Concetto spaziale
von 1966 und Roy Lichtensteins M-May be (A Girl's Picture) von 1965]

zyklop auf zeit

metallene leichtigkeit liegt der
stille auf das gerade vollendete netz des
aluminiumfarbenen lichts hängt
in der luft sendet helle
& gleißende
reflektionen
von der kühlen
oberfläche aus die spröde reinheit &
spiegelungen zeigt & blendet den
zyklop auf zeit was unter
fremdeinwirkung einen zerbrechlichen
grat aus licht bedeutet der vorläufige
wiederaufbau zur
einebnung der helligkeits
verhältnisse erfolgt zwangsläufig
                         (verlust der schuld)

haut

adern zeichnen sich ab unter der haut
du zeichnest adern ab
die zeichen der
dünnhäutigkeit du hast dich
des öfteren im leben *gehäute*t
deine identitätswechsel ins bläuliche

ich komme da nicht immer mit
manchmal musst du alleine
                    vorangehen &
mir zeit lassen deinen
blaublütigen blaublumigen
linien zu folgen

ich komme aber nach gehe den
durch deine abgelegten häute
vorgezeichneten weg &
weiche nicht aus
nicht aus meiner haut
ich kann nicht aus ihr heraus

haltloses glück / kommunion

reiche mir wasser auf meine mühlen entfremde
dich deiner selbst gehe übers wasser
ein unter mein
dach friste dein dasein mit
mir lass dich streicheln
vom wind über unsere
gesichter brenne

dich ein in mein
wesen hinterlasse
spuren mach mir erfahrungen
gebiete über gut & böse & nah &
fern lass unsere
körper von der sonne wärmen & sprich
nur ein wort meine seele bedeckt
mit sonnenhaut / sommer-
sprossen du
fängst an sie zu zählen vergiss mich
dabei nicht & führe buch
über unsere stunden minuten sekunden
augenblicke der
vernunft der stille
des seins unserer
gemeinschaft

was wärst du ohne mich ich [...]
[...]
versuchung in der wüste I love
your smile more than you know
I love your smile more than you kow[1]

                  (haltloses glück)

---

[1] Die englischen Zeilen stammen aus Charlie Winstons Song »I Love Your Smile«.

lockrufe des sommers / märchenhaft

grillen zirpen schwalben pfeifen über
den himmel schnell & scharf vor dem
harten blau (scherenschnitt) noch
fliegen sie hoch alle vögel fliegen
summen durch die stube mücken
sirren des sommernachts ohne traum traumlose
hitze der straße kühle des
hauses (akademisch)

bäume rascheln mit trockenlaub/trockeneis im
warmen wind (fernweh) launenhaftes
rauschen
des flusses bereit für unachtsame
badegäste insekten pressen sich
an die frontscheibe (auto kühler
grill) arme
würstchen geunsittetes verhalten im
park (public viewing)

nasse fußspuren auf den platten um das
schwimmbecken (bikiniknapp& heiß) asphalt
aufgeladen & straßencafés sommereis &
knappe röcke & hosen (zu eng) (ritter &
knappe)

dein bauchfett sammelt über den badehosenb&
das wmfieber ist endgültig gekühlt gelöscht mit bier
unachtsame küsse im freibad/ freibier tattoos
soweit das auge blickt (geweiht & ungeweiht) ein
nachmittag mit chlor & brand du drehst dich
um meinen nabel (der welt?) leopardige
anhaltspunkte auf dem bikini der nahen
nachbarin handtuchbreite freiheit
eine sommer/märchenhaft

nebelküsse

eingehüllt in feuchte nebel
besetzt der
november das land & leute
gehen tief & nach unten blickend
nervenvoll umher tragen
grau & asche im gesicht reglos &
kahl wie die äste der alleen säumen
sie verloren unseren weg zehren
von der allmählich verschleißenden
erinnerung an sommergefühle das klamme
licht ist nicht bereit zu wärmen düstere
ahnung des morgens & verblichen
der tag dunkel schwermütig
der abend die tiefe der
nacht & zu lang der pullover knistert
über meinen kopf die
härchen auf den armen stellen sich auf du
säumst den tag ein in
graue ränder häkelst ohne leichtsinn
borten der vernunft greifst schon
nach dem pinsel für das
schwarz in deinem bild von mir du
hüllst mein gesicht das feucht
wie ein totes blatt ist ein in deine
atemwölkchen (*nebelküsse*) streichst
später meine hellen armhärchen glatt
& draußen gehen leute gehen
nervenvoll feucht & kalt allein
umher im gesichtslosen
novembernebel

umsonst / vergeblich (entwicklungsplateau) oder laut & leise gedicht

hässliche schatten spuren durch
die gegenwart werfen »licht« auf
geschehenes unerfreuliches un
verrückbar & irreversibel ver-
schattetes sein ich

möchte die stimme erheben schreien
toben fluchen
rasen rennen wüten alles
zerschlagen zerrupfen
in auflösung geben möchte

die formen zerrändern die
konturen nachkrakeln undeutlich
machen was war & was
sein könnte möchte
gewesenes verwischen & zerfasern den

weg bereiten für
neue saat & ernte ich möchte
ruhiger werden den
puls entschleunigen die
zeit verlangsamen möchte den

blick wieder erweitern die
stimme senken ruhig werden & ganz
ruhig um flüsternd in einem neuen
zeitalter dem *goldenen* wachstum
zuzusehen

                        (erfreulich)

schmetterlinge

sie kennen sich schon länger haben aber nur
geringe verstrickungen zu verzeichnen dabei
zählen für sie sekunden

er verpuppt sich aufs neue & gebiert wieder einen
schmetterling diesmal noch farbenreicher als der
vorherige

sie verdreht die tatsachen zu neuen mustern &
erfindet gewebe das nur unter dem mikroskop als
erlogen zu entlarven ist (wenn auch *sinnlich*)

sie nimmt den schmetterling auf die hand bewundert seine
bunte staubigkeit berührt
ihn jedoch nicht an den flügeln

er macht sich einen falschen reim darauf

Martina Bögl
Der Fuchs

Der Fuchs näherte sich der Stadt von Norden. Einige Tage war er dem Fluss gefolgt, der sich glucksend durch die marschige Landschaft wand. Lange bevor er sich auf sanften Pfoten den ersten Häusern näherte, hatte der Fuchs den Geruch der Menschen gewittert; er hatte seine Nase schnuppernd in den diesigweißen Himmel gereckt und für einen Moment mitten in der Bewegung innegehalten, die linke Vorderpfote in der Luft, als hätte er eine Wahl, eine Entscheidung zu treffen, wobei die feinen Härchen an seinen Lefzen im morgendlichen Hauch erzitterten. Seiner Natur folgend schlich der Fuchs dann geduckt weiter, denn unter die milchigsauren Ausdünstungen der Menschen mischte sich der schwere, alles einhüllend faule Geruch ihrer Abfälle, und das bedeutete schlicht, dass der Fuchs einen Grund hatte, weiterzulaufen, den er nie hinterfragt hätte. Das feuchtgrüne, mit Tannennadeln bedeckte Moos des Waldbodens wurde zu welkem Laub, wurde zu blassgrünen Wiesenflächen, wurde zu Asphalt, und der Fuchs betrat schließlich die Stadt wie ein Schatten, wie ein stiller Bote aus einer älteren Welt.

Der Tag, an dem Hans Jäger im Hof den Fuchs sah, war der Tag, an dem er sich seinen Füllfederhalter in den Handrücken schlug, war der Tag, an dem er endlich seine Nachbarn kennenlernte. Alles war wie jeden Morgen, der Tag war schon vor ihm da, ungebeten, gellend hell, als er die Augen aufschlug und einige Momente an die Zimmerdecke starrte. Das Kreischen einer Säge drang vom Hinterhof in sein Zimmer. Er wünschte, er könne weiterschlafen, durchschlafen und nie wieder aufwachen, schlafen in einem komplett weißen, sauberen Raum, in dem es mild nach Putzmittel duftete.

Hans Jäger verbrachte den Tag damit, seine Batterie aufzuladen, wie es ihm nahegelegt worden war. Er war noch dabei, herauszufinden, wie genau man das anstellte, das musste er sich zweifelsfrei eingestehen. Er kochte Kaffee, holte sich Croissants und die Sonntagszeitung beim Bäcker an der Ecke, setzte sich auf seine dunkle Ledercouch und versuchte einen Moment lang ernsthaft, einen Artikel zu lesen, während er seinen Kaffee in kleinen, vorsichtigen Schlucken trank. Ich mache ein Ritual daraus, dachte er sich. Schon nach kurzer Zeit jedoch regte ihn der Artikel dermaßen auf, dass er die Zeitung weglegen musste. Er holte sich ein Glas Wasser und nahm sich einen Roman, in den er gestern ein Lesezeichen gesteckt hatte. Die Vorstellung, ein Lesezeichen in ein dickes Buch zu legen, hatte ihm schon immer gefallen. Das hatte etwas Kultiviertes. Doch der Roman war ihm bald zu trivial, und er warf ihn in die Ecke, ging duschen und rasierte sich mit Sorgfalt. Draußen kreischte weiter die Säge.

Zum Mittagessen bestellte sich Hans Jäger Chop Suey. Er hörte Klassikradio, während er auf die Lieferung wartete. Er hatte die Flügeltüren zum Balkon weit geöffnet, die Stadt war zum Greifen nahe, fast konnte er ihren Herzschlag spüren. Der Himmel war mattgrau und in der Ferne glänzte die Kuppel des Fernsehturms unwirklich im mittäglichen Dunst, und das Leben hier kam ihm so fremd vor, als wäre es das eines Krabbenfischers am Mekong. Er aß das Chop Suey auf dem Balkon. Er würzte es mit zu viel Sojasoße. Den Bistrotisch und den Plastikstuhl, auf dem er saß, hatte Susanne ihm mitgegeben; sie hatte die Teakgarnitur, auf der sie im Sommer würde sitzen können, im Garten neben der Laube, während die Zwillinge vor Freude quietschend durch den Gartensprenger hüpften und sich kleine Regenbögen im zerstäubten Wasser bildeten. Er hatte die Plastikstühle, den Bistrotisch, das alte Geschirr und das Gästebett bekommen. Die verwaschenen Bettbezüge, seine Hälfte des Kleiderschranks und ein paar gerahmte Fotos der Zwillinge. Nur die dunkle Ledercouch hatte er sich gekauft.

Als er die Reste seines Mittagessens in der Küche entsorgte, gestand sich Hans Jäger ein, dass er Doktor Lehmann würde anrufen müssen. Er wollte ihn fragen, wo verdammt noch mal die Batterie lag, die er aufladen sollte. Meine Batterie ist leer, sagte er laut, und es beruhigte ihn, die eigene Stimme in dieser Küche, in dieser Wohnung zu hören. Er sah seine Hände an, die den Teller unter den Wasserstrahl hielten, und er sagte noch einmal, meine Batterie ist leer, und jetzt hatte er schon zwei Indizien dafür, wirklich hier zu sein, seine Stimme und seine Hände, die unter dem heißen Wasserstrahl brannten.

Er erreichte Doktor Lehmann nicht. Er zog sich um und ging laufen. Er kam zurück und duschte erneut. Er legte sich eine Weile nackt ins Bett und versuchte, den Stoff des Bettbezugs bewusst auf der Haut zu spüren. Sein Handy klingelte, und er war sich sicher, dass es Petra war. Er konnte jetzt nicht mit ihr sprechen. Er konnte ihr nicht zuhören, wie sie ihm mit herzig-naiver Stimme erzählte, was sie heute alles getan hatte, bummeln, Brunch im Literaturhaus, Kaffee mit einer Freundin, das Licht im Park. Sie würde ihn fragen, ob sie vorbeikommen solle, und er würde ja sagen, obwohl es ihm widerstand. Das Klingeln verstummte.

Hans Jäger holte den Füllfederhalter aus seiner Bürotasche. Mit dem Füllfederhalter und seinem Notizblock setzte er sich nach draußen auf den Plastikstuhl. Auf dem Balkon gegenüber goss eine junge blonde Frau ihre Pflanzen. Über die Schulter rief sie etwas in die Wohnung, und sie lachte dabei, während das Gießwasser nach unten stäubte, sodass der dicke Mann mit der Zeitung im Erdgeschoss unter ihr entrüstet aufsprang und fluchend im Haus verschwand. Hans Jäger schrieb: – Liebe Susanne – Doktor Lehmann hatte ihm geraten, zu schreiben. Er hatte gesagt, schreiben Sie, was kommt. Was Ihnen in den Sinn kommt, schreiben Sie es einfach für sich. Der Gedanke daran, wie Doktor Lehmann das gesagt hatte, mit seinem verbindlichen Gesichtsausdruck, seinem streichholzlangen, dunkelblonden Haar, das ihm an den Schläfen an der Kopfhaut festklebte, machte Hans Jäger erneut wütend. Er atmete tief durch. – Liebste Susanne, es vergeht kein Tag, an dem ich nicht an euch denke – Er knüllte das Blatt Papier zusammen, noch bevor er einen Punkt hinter den letzten Buchstaben gesetzt hatte. Eine nagende Unruhe grub sich in seinen Magen, er holte sich ein Glas Rotwein aus der Küche, er setzte sich wieder auf den Balkon, er steckte sich eine Zigarette an. Er dachte nach. Sobald er anfing nachzudenken, konnte er seine Batterie nicht mehr aufladen, und seine Batterie war doch leer. Er hatte Tabak auf der Zunge, er spuckte aus. Unten im Hof bei den Mülltonnen nahm er eine Bewegung wahr. Er beugte sich vor; zwischen den Metallstäben des Balkongeländers hindurch spähte Hans Jäger vom ersten Stock aus in den Innenhof. Die Äste des Flieders neben dem Spalt in der Holzwand wackelten sanft. Im Farn zwischen den Mülltonnen und dem Fahrradpavillon kam zögernd die spitze Nase eines Tiers zum Vorschein, erst dachte Hans Jäger, es müsse eine Katze oder ein Hund sein, aber das Tier war rotbraun, es hatte einen buschigen Schwanz, und es bewegte sich eng am Zaun geduckt. Es war ein Fuchs. Ungläubig rutschte Hans Jäger ein Stück auf dem Stuhl nach vorn, und als er wieder zum Fuchs sah, hatte dieser den Blick jetzt unverwandt auf ihn gerichtet, den schmalen Körper auf den lehmigen Boden des Hofs gekauert, die Rute erstarrt. Hans Jäger hatte noch nie zuvor einen Fuchs gesehen. Zumindest konnte er sich nicht daran erinnern. Warum war er mit den Zwillingen nie im Wald gewesen, um ihnen einen Fuchs zu zeigen? Als Kind hatte er einmal ein Reh gesehen, das sein Vater überfahren hatte. Er hatte dem Reh in die Augen geblickt, als das Licht in ihnen erlosch, und dabei die Hand seines Vaters gehalten, der eine Zigarette rauchte. Er hatte in diesem Moment flüchtig etwas verstanden, das er heute nicht mehr in Worte hätte fassen können, auch wenn sein Leben davon abhinge. Es hatte mit den sanften Augen des Rehs, der Stille des Augenblicks nach dem Lärm des Aufpralls und der Hand des Vaters zu tun. Zwischen den Bäumen im Wald war der Nebel gehangen. Er hatte sich hingekauert und dem Reh sanft über den samtigen Kopf gestrichen. Er hatte seine kurzen Atemzüge warm auf der Hand gespürt.

Auch jetzt konnte Hans Jäger nicht wegsehen, die Augen des Fuchses hatten etwas Beschwörendes und zugleich Belustigtes, das Tier sah ihm bis in sein Innerstes, und vor diesem Blick konnte er sich nicht schützen, er war ihm ausgeliefert wie Schnee in der Sonne. So ein Fuchs war rein und ursprünglich, und an ihm, Hans Jäger, war nichts Reines mehr, er war schmutzig und alt, er fühlte sich verkommen durch und durch. Ihm begannen die Augen zu tränen, der Innenhof und die Häuser und der Fernsehturm am Horizont verschwammen, er sah nur noch die Augen des Fuchses inmitten eines Wirbels aus fleckigem Licht, und nach einer kleinen Ewigkeit fing ihn dieser bohrende Blick an zu trösten, er hatte das Gefühl, seine Lunge zerspränge in seiner Brust.

Und ohne dass er ihn davon abhalten konnte, verschwand der Fuchs mit einer flüssigen Bewegung im raschelnden Gebüsch.

Hans Jäger richtete sich auf. Er blickte sich um. Die anderen Menschen, deren Balkone auf den Hof gingen, schienen den Auftritt des Fuchses nicht bemerkt zu haben. Die junge Frau im Haus gegenüber war jetzt damit beschäftigt, Wäsche aufzuhängen. Der dicke Mann mit der Zeitung war nicht wieder aufgetaucht. Ein Haus weiter parkte ein kleiner Junge seine Matchboxautos auf dem karierten Stoff einer Tischdecke, die über einen Klapptisch gebreitet war. Die Säge kreischte. Hans Jägers Nacken schmerzte vom angestrengten nach unten Blicken. Atemlos griff er zum Füllfederhalter, und auf ein neues weißes Blatt schrieb er: – Liebste Susanne, ich habe gerade einen Fuchs in meinem Innenhof gesehen, und sein Blick – Er hielt inne. Er wusste nicht, wie er es erklären konnte. Er durfte sie nicht anrufen, er wusste nicht, ob es etwas zu erklären *gab*, und auf einmal war wieder alles schwierig und verfahren. Sein Handy klingelte erneut. Er spürte, wie das Blut in seinem rechten Ohr pochte. Und mit der Faust griff er den Füllfederhalter und rammte ihn sich mit Wucht zwischen die Fingerknochen in den Rücken der linken Hand, die auf dem Blatt Papier lag. Sein Schrei hallte über den Hof, noch während er vor Schmerz vornüber vom Stuhl sackte.

Während sich das Blut, das aus Hans Jägers Hand floss, mit der schwarzen Tinte des Füllfederhalters vermischte, der ihm zwischen den Handknochen steckte, während sich auf den Holzplanken des Balkons eine marmorierte Pfütze bildete, während der kleine Junge mit den Matchboxautos auf dem Balkon mit der karierten Tischdecke im Haus nebenan der jungen Frau auf dem Balkon gegenüber zurief, da liegt ein Mann auf dem Balkon (Hans Jäger würde später dankbar dafür sein, dass er die Bambusmatten, die er vor einer Woche gekauft hatte, noch nicht als Sichtschutz an dem Geländer angebracht hatte), und während die junge Frau nach einigen unbeantworteten Zurufen einen Krankenwagen verständigte, war der Fuchs bereits über ein mit Moos bewachsenes Mäuerchen in den nächsten Innenhof gesprungen. Im Schutz der nachmittäglichen Schatten, die die alten Gebäude warfen, huschte er lautlos Richtung Osten. Als Hans Jäger wieder zu sich kam, hallte die Sirene des Krankenwagens bereits durch die enge Straße. Der kleine Junge vom Haus nebenan winkte und rief der jungen Frau vom Balkon gegenüber zu, er bewegt sich! Hans Jäger bekam noch in seiner Wohnung eine Tetanusimpfung, und als er auf der Fahrt ins Krankenhaus dem verblüfften Sanitäter erzählte, er habe im Innenhof einen Fuchs gesehen, aber er könne nicht erklären, warum er sich selbst so verletzt habe, er habe einfach eine sehr schlechte Woche, man könne sagen, ein sehr schlechtes Jahr gehabt, schlüpfte der Fuchs bereits durch die aufgebogenen Maschen eines Drahtzaunes in das grüne Kühl eines Parks. Unter einem hellgelb blühenden Forsythienstrauch leckte er sich das goldene Fell. Die Geräusche der Stadt drangen wie fremde Stimmen an seine spitzen Ohren und fügten sich zu einer Symphonie, die einem eigenen Rhythmus folgte. Der Tag, an dem Hans Jäger im Innenhof den Fuchs sah, war der Tag, an dem er sich einen Füllfederhalter in den Rücken der linken Hand schlug, war der Tag, an dem er endlich seine Nachbarn kennenlernte. Der Fuchs, der nach kurzer Rast in Richtung Osten weitertrabte und die Stadt schließlich lautlos verließ, blieb von alldem weitgehend unberührt.

Katharina Hartwell
Göteborg

Jetzt, wo mein Bruder wieder da ist, dauert es nicht mehr lange, dann fahren wir nach Göteborg. Vor zwei Jahren hat er mir das versprochen, in den Sommerferien geht's los, hat er gesagt, aber dann kamen die Sommerferien, und dann waren sie vorbei, und im nächsten Jahr ging es genauso, und bis jetzt haben wir uns immer verpasst, Göteborg und mein Bruder und ich.

Simon wohnt in Hamburg. Von seiner Wohnung aus kann man das Meer sehen. Hat er gesagt und eine Postkarte geschickt, die hängt über meinem Schreibtisch. Die Eltern sagen, Simon sei wegen einer Katze zurück nach Hause gekommen, aber ich glaube nicht, dass das stimmt. Sicher ist es wegen Göteborg, und weil er mich überraschen will. Damit es eine Überraschung bleibt, redet er nie über Schweden, nie über die Fahrt, und erzählt mir bloß manchmal Katzengeschichten, und dann schaut er mich an und sagt: »Verstehst du, was ich meine, Louise, verstehst du das?« Und ich sage, ja, ja, Katze total traurig, klar, und glaube ihm kein Wort. Seitdem er wieder hier ist, kann ich nicht mehr gut schlafen, warte jede Nacht darauf, dass er mich weckt und an meinem Bett sitzt und es noch dunkel ist und er sagt: »Pack die Koffer, in vier Stunden geht's auf die Fähre!« Und ich werde aus allen Wolken fallen und sagen: »Was, ehrlich?« Und: »Du bist der beste Bruder der Welt!«

Auf dem Nachhauseweg treffe ich die Nachbarin, Frau Wind. Sie hat meinen Stundenplan auswendig gelernt, und wenn sie weiß, dass es nicht mehr lange dauert, bis ich nach Hause komme, versteckt sie sich hinter der Gartenhecke. »Ach, hallo Louise«, ruft sie, wenn ich an ihr vorbeigehe, und stellt sich mir in den Weg wie zufällig.

»Ach, hallo Louise«, sagt sie auch heute. »Sag mal, ist der Simon wieder in der Klinik?«

Frau Winds Trick ist, so zu tun, als wüsste sie alles. Tatsächlich rät sie bloß und hofft, dass man sagt: »Ja, stimmt genau, woher haben Sie das denn gewusst?« Oder: »Nein, das ist ganz anders, nämlich so und so.« Darauf falle ich schon lange nicht mehr rein.

»Nö, der ist zu Hause«, sage ich.

»Habe ich aber so gehört, mit deinem Bruder«, sagt Frau Wind.

»Dann hat wer gelogen«, sage ich.

Ich knirsche mit den Zähnen, weil ich ihr von Göteborg erzählen will und dass wir schon bald fahren und sie sich nicht wundern soll, wenn sie mich nächstes Wochenende keine Werbeblättchen austragen sieht. Liebe Frau Wind, das tut mir leid, aber ich esse nächsten Samstag von morgens bis spät Köttbullar. Und jemand anders muss sich auf sein Schrottrad setzen und Ihnen die besten Angebote, die absoluten Preisschlager aus dem Pfennigmarkt um die Ecke vorbeibringen. Und wenn Ihr Briefkasten leer bleibt, dann nützt es nichts, bei uns zu klingeln und Bescheid zu geben, dass sie sich »schon ein bisschen wundern«, weil die Frau Krug nebenan die Angebotsblättchen bekommen hat und über den billigen Käse Bescheid weiß, Sie aber nicht, und wie kann das denn sein, wo ich doch sicher *jeden* Haushalt beliefere. Nicht mein Problem, Frau Wind, weil mein Bruder und ich gerade durch den Slottskogenspark spazieren und uns Elche anschauen. Bevor mir auch nur ein »G« über die Lippen kommt, laufe ich schnell weiter.

Vor zwei Jahren war mein Bruder wirklich in der Klinik, da hatte er sich einen Magenvirus eingefangen. So schlimm war das, dass man ihn nicht besuchen konnte, ich zumindest nicht, die Eltern schon. »Das bringt nichts. Der ist so ansteckend«, erklärte mir die Mutter, »dass du ihn sowieso nur durch eine Glasscheibe sehen könntest.«

Darum habe ich ihn nur einmal besucht, in der ganzen Zeit. Da ging es ihm nicht gut, und sie hatten ihm die Arme bandagiert, wegen dem Tropf oder so. Und obwohl es in der Cafeteria Kuchen gab, wollte er nichts essen, kein Stück, weil der Virus noch in ihm drin war, da hat man keinen Hunger. Nach sechs Wochen kam er nach Hause zurück und war immer noch nicht gesund. Er lag die ganze Zeit im Bett, wollte nicht schwimmen gehen und nicht Eis essen, so müde war er.

Die Mutter sagte oft: »Du darfst dem Simon aber nicht auf die Nerven gehen.« Bin ich auch nicht. Ich erzählte lustige Sachen, die am Tag passiert waren, zum Beispiel, wie Frau Krug zu Besuch gewesen und gegen die Glastür zur Terrasse gelaufen war, das hatte geknallt. Dann lachten wir und schauten uns noch einen Bildband von der Schweden-Oma an. Die hatte als Kind in Göteborg gelebt, deswegen kannten wir uns aus mit Elchen und Godis – das sind Süßigkeiten.

»Wenn es mir wieder richtig gut geht, fahren wir nach Göteborg!«, sagte mein Bruder, aber als es ihm wirklich wieder richtig gut ging, fuhr er nicht nach Göteborg, sondern nach Hamburg und zwar allein, und da ging er zur Uni und kam nur noch in den Semesterferien zu Besuch.

Seit Simon wieder da ist, sagt Mutter oft: »Ich weiß einfach nicht weiter.« Aber was gibt's denn da auch zu wissen, außer, dass wir abends alle zusammen Spaghetti essen und am nächsten Morgen ein Ei, ein hart gekochtes bitte. Weiterwissen ist doch ganz einfach: Morgen ist Montag und dann Dienstag, und am Mittwoch haben wir Projekttag, da komme ich erst spät am Nachmittag nach Hause.

Vielleicht weiß sie aber auch nicht weiter, weil sie schlecht mitkommen kann, wenn Simon und ich nach Göteborg fahren. Langweilig wird das, so ohne uns. Da kann ich sie schon verstehen. Aber man muss sich auch für andere Leute freuen, ja das muss man, nur weil man selbst vielleicht nicht nach Göteborg fährt, sondern höchstens zum Grillen von der Nachbarin eingeladen wird.

Wenn wir Abendbrot essen, sagt meist keiner was, und den ganzen Tag sitzt die Mutter im Wohnzimmer und der Vater im Arbeitszimmer und Simon in seinem und ich in meinem, und wir alle, wir alle sind mucksmäuschenstill und warten. Das ist wie damals, als die Schweden-Oma im Krankenhaus war und wir wussten, sie kommt nicht mehr nach Hause, und im Krankenhaus kann sie auch nicht bleiben, und bald ist sie ganz verschwunden. Da haben wir auch gewartet, auf das Verschwinden der Oma.

Im Radio erzählen sie von einer Sonnenfinsternis, und weil ich auch wen überraschen möchte, kaufe ich spezielle Brillen für die Eltern, damit sie alles genau sehen und sich auf etwas freuen können, wenn wir weg sind.

Hier sieht es aus wie früher, sieht es aus wie immer, und warum ich gedacht habe, es sollte anders sein, weiß ich nicht. Die Wände, die Decken, der Teppich sind unbeeindruckt von uns und unseren Leben: Wir färben nicht ab. Wir können traurig sein und froh und so alleine, wie wir es noch nie gewesen sind, und der Teppichboden ist immer noch gelb, und die Decke ist immer noch grau, und die Tapete pellt sich nicht von der Wand, und die Lampen stürzen nicht krachend zu Boden.

Abends gibt es Suppe, wir klirren mit Gläsern und Löffeln und sagen nichts, und selten hat es so wenig, so viel zu sagen gegeben, so viel, dass man gar nicht weiß, wo man anfangen soll, und sich schon im ersten Wort verheddert und dann im ganzen Satz, das ist alles Mist, denkt man und hält die Klappe und löffelt weiter Suppe und will schlafen.

Louise sitzt mir gegenüber. Sie zappelt auf ihrem Stuhl und schaut mich an, als ob sie auf etwas wartet, dann zwinkert sie mir zu. Möglich, dass wir ein Geheimnis teilen und es mir irgendwann in den letzten Stunden abhanden gekommen ist. Der Vater konzentriert sich aufs Suppe-Essen, er hält sich fest an seinem Löffel, und vielleicht wird er ihn gleich verbiegen, so wie die Zauberer im Fernsehen, nur dass kein Trick dabei ist. Er sagt nicht, schön, dass du wieder da bist; nichts ist schön daran, dass ich hier sitze, die letzten zwei Jahre zurückgerudert bin. Mutter sagt auch nichts, sie sitzt kerzengerade und morgen, ja morgen wird sie in ein Auto steigen, und ich werde auf der Rückbank sitzen, und wenn wir sprechen, dann nur über verpasste Ausfahrten, über den Stau und wie lange es noch bis zur Klinik ist. Und heute fragt sie nicht und morgen wird sie nicht fragen, was ist passiert?, wird sie nicht fragen, erklär's mir, ich versteh's nicht. Was war da los? Und darum werde ich nicht die Achseln zucken und nicht nuscheln müssen, weißnich, werde ich nicht nuscheln und aus dem Fenster schauen. Ich kann's nicht erklären, ich will's dir erklären, wenn du fragen würdest, würde ich vielleicht sagen:

Manchmal reißt die Welt auf, würde ich sagen. Manchmal stülpt sie sich um. Manchmal kannst du's aus den Augenwinkeln sehen, über der rechten Schulter, und dann ist es schon zu spät, dann ist es schon da und hat sich niedergelassen, mit aller

Schwere ist es auf dir, in dir, um dich rum, und du bewegst dich wie in Gelee und im Kopf ist auch nur Gelee, innen wie außen, träge und dumpf alles, du bist wie die Welt und willst schlafen, willst einen hundertjährigen Schlaf, und wenn du aufwachst ist alles neu, ist alles neu.

Oder vielleicht würde ich dir von der Katze erzählen, die Geschichte kennst du schon, aber hast du sie auch verstanden? Also, hör jetzt gut zu:

Das Katzenfoto hing in der Wartehalle vom Bahnhof. Ich saß auf der Bank, weil mein Zug Verspätung hatte, eine halbe Stunde. Ich wollte lesen, konnte mich aber schon nicht mehr konzentrieren, hinter den Augen, zwischen den Ohren juckte es, im Gaumen auch. Noch dachte ich: Nach Hause schaffe ich es aber, kein Problem, in den Zug setzen und einatmen und ausatmen und ein Buch lesen oder wenigstens so tun als ob. Solange ich mich nur mit keinem unterhalten muss, alles machbar. Aber der Zug kam und kam nicht. Und ich saß auf den Stühlen und las nicht im Buch, sondern schaute in die Halle und sah das Foto von der Katze.

Tiger hieß sie und war zwei Jahre alt.

Ich mag keine Katzen, das weißt du. Aber das war plötzlich egal, war nicht mehr wichtig, denn hier war das Foto, und darunter in Kinderschrift Versprechen von Belohnung und Informationen zu Tiger, wo das Tier zu Hause war, eine Telefonnummer gab es auch. Und da kippte der Raum einmal kurz, da schwappte es über mich und in mich hinein. Die tote Katze nicht auf dem Foto, sondern im Kopf, hinter den Augen, zwischen den Ohren, die nasse, tote Katze, im Schädel verankert, und ich hab sie nicht mehr rausbekommen, seitdem ist sie noch da drinnen, nachts kann ich sie schnurren hören, sie erzählt mir von Müllsäcken und tiefen Flüssen und von der Strömung und dass es kalt ist dort unten.

Und da habe ich euch angerufen, da habe ich gesagt, in den Hörer habe ich geschrien, die Leute haben sich umgedreht, so laut bin ich gewesen, ich pack das nicht, habe ich gesagt, ich komm hier nicht weg, mich muss einer abholen.

Wann kommt der Zug?, hast du gefragt, wann kommt der denn?

Gar nicht, habe ich gesagt, hier hält kein Zug, ich steig da nicht ein, ich bleib hier sitzen, hol mich ab, einer muss mich abholen.

Und dann, auch das weißt du, habt ihr euch ins Auto gesetzt und seid losgefahren, nicht zum ersten Mal hab ihr mich auflesen müssen, weil ich wo gestrandet war, festhing im Nirgendwo, zwischen verschwundenen Katzen und dem Fahrkartenautomat und draußen die Mülltonnen und ich mittendrin, festgeklebt im weißen Stuhl. Ihr seid gefahren, fast zwei Stunden, und durch die Bahnhofshalle gerannt, hättet euch nicht beeilen müssen, ich war ja noch da, noch an der gleichen Stelle, hatte mich überhaupt nicht bewegt. Das bisschen trübe Gedankensuppe und dünne Haut, so macht man keine Sprünge. Und dann sind wir nach Hause gefahren, und ihr habt nichts gesagt, die ganze Zeit nicht, und versucht, nicht vorwurfsvoll zu schauen, aber ich habe es doch gesehen, im Rückspiegel. Ihr wisst: Das kann man sich nicht leisten, im Bahnhof zu hocken und zu heulen wie ein Verrückter und nichts mehr nie mehr sagen zu wollen, weil zwei Kinder dir zwanzig Euro zahlen, wenn du ihnen Tiger zurückbringst. Und du, du kennst Tiger nicht und magst keine Katzen, aber das ist dir in dem Moment egal, du würdest einmal durchs Land gehen, würdest entgegen jeder Strömung, durch jeden Fluss schwimmen, das meinst du zumindest, wie du da so in deinem Plastikstuhl klebst und dich anstarren lässt.

Und das ist alles: Manchmal reißt die Welt auf, dazu braucht es bloß einen Menschen, krank oder allein, eine tote Katze, dann stülpt sich der Raum um und ist fremd, und man kann nicht glauben, dass es irgendwann irgendwo wieder gut geht, das kann man nicht.

Etwas ist im Busch und ich werde nach unten gerufen. »Louisa kommst du mal?«, ruft die Mutter mit ihrer strengen Stimme, so als hätte ich etwas angestellt, habe ich aber nicht, darum weiß ich, dass sie nur so tut als ob. Gestern hat Simon die Koffer gepackt, ich habe es genau gesehen und gehört habe ich es auch. Jetzt geht's los.

Am Esstisch sitzen Vater und Mutter – genau wie damals, als die Oma gestorben ist, da mussten wir uns auch alle an den Tisch setzen. Weil ich keinem die Überraschung verderben will, lasse ich mir nichts anmerken, schlurfe die letzten Meter und falle auf den Stuhl. »Ich muss aber noch Hausaufgaben machen«, sage ich und verstehe nicht, warum sie so traurig schauen. Göteborg ist doch kein Grund, den Kopf hängen zu lassen, und wir bleiben auch nicht für immer fort, sind wahrscheinlich schon nächste Woche zurück.

»Hör mal, wegen deinem Bruder«, sagt der Vater.

Ich versuche, keine Miene zu verziehen, weiß aber auf einmal nicht mehr, wie das geht. Mein Gesicht ist in Bewegung, es kribbelt unter der Haut, und ich habe vergessen, wie man normal guckt, wie man nicht rumzappelt und sich nicht freut, weil man ja noch gar nichts weiß von Göteborg. Ich schaue mir die Mutter gut an und schraube mein Gesicht fest. Nur noch ein paar Sekunden, denke ich, gleich lasse ich mich von der Leine, wenn sie nur endlich mit der Überraschung rausrücken. Ich drücke die Lippen fest zusammen, aber im Kopf zieht ein Konfettisturm auf, ein Gefühl tobt sich seinen Weg aus mir raus. Morgen, denke ich, morgen schon, und das Lachen geht mir durchs Gesicht bis hoch zu den Augen.

»Louise, wegen deinem Bruder«, sagt mein Vater, und irgendwo im Haus wird ein Koffer geschlossen.

Judith Keller

Miniaturen

(aus der Sammlung «Und zum Umgang mit Gefühlen«)

Echo

Frau Strub versucht, den Unfällen, die in der Zukunft geschehen werden, derartig zu begegnen, dass sie von vornherein auf sie reagiert. Es ist, als ob sie ein Echo vorwegnähme, indem sie hofft, der Ton, der eigentlich das Echo wirft, möge wegbleiben, da er sich mit dem Echo verwechselt. Ab und zu bemüht sie sich deshalb hinzufallen, ein verstauchter Fuß könnte die Zukunft davon abbringen, ihr Schlimmeres zuzufügen. Es wäre unglaubwürdig, wenn ihr am selben Tag, an dem sie sich den Fuß verstaucht, auch das Genick durch einen dummen Zufall gebrochen würde. Aber die Angst, sich eines Tages das Genick zu brechen, vergeht nicht. Um die Zukunft milde zu stimmen, setzt sich Frau Strub immer größeren Gefahren aus. Kürzlich zum Beispiel betrat sie einen gefrorenen Weiher, um sich ein Bein zu brechen. Sie brach sich das Genick und verstarb, erleichtert und mit dem Gefühl, der Zukunft zuvorgekommen zu sein, am selben Ort.

Würdigung

Der Hingerichtete, der dem Kommafehler in folgendem Zusammenhang: »Begnadige, nicht hinrichten!« und »Begnadige nicht, hinrichten!« zum Opfer fiel, erhielt ein Andenken in den Deutschstunden von Herrn Mühlebach. Er würdigte ihn jedes Jahr mit einem langen Gedankenstrich, den er nach dem Ausruf: »Die Lebenswichtigkeit der Kommasetzung!« langsam in die Luft strich.

Ablauf

Seit einer Woche schrie jemand in der Nähe. Die Schreie kamen jede Nacht in unregelmäßigen Abständen. Karl konnte nicht schlafen. Gestern, als er nach Hause kam, stand ein schwarzer großer Wagen vor dem Wohnhaus. Er hört seitdem keine Schreie mehr; sie fehlen ihm jetzt, um schlafen zu können.

Der Schwiegersohn

Die Familie der frisch Verheirateten erwartet, dass der Schwiegersohn sich so verhält, wie es die Mitglieder der Familie erwarten. Er will sich aber verhalten, wie sie es nicht erwarten, um die Familie dahingehend zu erziehen, dass sie nichts von ihm erwarten. Denn er will die Familie auf keinen Fall enttäuschen.

Entgleitungen

Sie macht einen letzten Versuch, ihr Leben in den Griff zu bekommen. Sie ordnet die Hände um den Hals und drückt. Das Leben entzieht sich ihrem Griff, das Herz klopft, der Hals tut weh. Sie lässt die Hände sinken. Sie gibt auf zu glauben, sie könne sich ihr Leben nehmen.

Walter

Walter will, dass die Straßen weiß werden. Er übergießt sie mit viel Wasser und schrubbt mit viel Seife. Er ist nicht erstaunt, dass die Straße grau bleibt. Die Ungerührtheit der Welt gegenüber seinen Willensbekundungen ist ihm nicht neu. Aber Walter will deswegen, aus fleißigem Trotz, ebenfalls ungerührt sein und schrubbt die Straße mit viel Seife jeden Tag. Das ist so Walters Art.

Eine innere Geschichte

Zwei Freundinnen gebaren im selben Jahr ein Kind. Als beide Kinder fünf Jahre alt waren, wurde eines von beiden krank und starb. Die Mutter des gesunden Kindes schaute auf ihr Kind und erschrak. Sie fürchtete, dass es nur darum leben konnte, weil das andere Kind gestorben war. Sie glaubte, dass es auf Kosten des anderen Kindes lebte. Immer wenn sie der Freundin begegnete, fühlte sie es deutlich. Ihr Kind verlor für sie die Berechtigung. Aber das ist eine innere Geschichte. Niemand erfuhr davon.

Einzug

Im Fahrstuhl zu Marcos neuer Wohnung begegnete ihm ein betrunkener Ausländer, der fragte, ob sie, trotzdem er ein Araber sei, Freunde sein könnten, und der auf ihn zuwankte, um ihn zu umarmen. Marco aber waren Ausländer suspekt und er entschwand durch die sich eben öffnende Fahrstuhltür. Er betrat zum ersten Mal die neue Wohnung. Als er die Spüle öffnete, sah er fünf tote Kakerlaken. In einer Ecke in der Küche schlief der Vermieter unruhig auf einer Schaumstoffmatratze. Sofort verstand Marco, dass viele Tiere in dieser Wohnung wohnten, in den Rohren und in anderen dunklen Räumen; er sah sie auch an der Decke. Er ging durch die Wohnung und schaute aus dem Fenster. Unten stützten zwei alte Frauen einen jungen hinkenden Mann und hielten ein Plastikgeschirr, aus dem sie ihm Reis in den Mund löffelten. Als Marco sich umschaute, waren die Kakerlaken verschwunden. Später wird er lesen, dass eine Kakerlake, die zertreten wird, beim Sterben neue Junge gebiert, unzählbar viele, einige hundert oder einige tausend. Er nahm sich vor, dies später zu lesen und wurde ihm selben Moment von etwas Nassem am Kof getroffen. Als er hochschaute, schloss sich ein Fenster. Aber es begann zu regnen, und es hätte auch der Regen sein können. Er beschloss, sich zu setzen und den Tatsachen stets ins Auge zu blicken. Der Vermieter trat mit klebrigem Haar und langem Bart aus der Küche. Er trug einen gestreiften Schlafanzug. Marco unterschrieb ein zerknittertes, wichtiges Papier.

Eifersucht

Marko liebt Colina. Andere Männer mögen Colina, lieben sie aber nicht. Warum liebst du Colina nicht, fragt er jeden wütend, der Colina nicht liebt; eifersüchtig auf alle, die sie nicht lieben.

Frau Sägisser

Frau Sägisser will aufbrechen, um ihren Eltern beim Heuen zu helfen. Bei schönem Wetter gerät sie in Eile. Die Schiebetür öffnet sich. Autos rollen langsam an ihr vorbei. Eine jüngere Frau, die ihr bekannt vorkommt, stellt sich neben sie und fragt, wäre es nicht schöner, wenn Sie Ihre Eltern morgen besuchen würden? Hinter den Autos ist die Kirche und wieder dahinter ist der Hügel, auf dem die Eltern wohnen und zwischen dem Hügel und der Kirche ist der Friedhof, auf dem die Eltern liegen. Frau Sägisser weicht zurück, die Schiebetüre öffnet sich hinter ihr, sie steigt in den Fahrstuhl, betritt ein Zimmer, Frau Züger liegt schlafend im Bett; sie schläft mit verrutschtem Mund, eine Felsspalte mitten im Gesicht, schnarcht, der Fernseher läuft, die Kirchenglocken läuten, die Hitze, das Heu, die Hügel, das Heu, was ist mit dem Heu, Frau Sägisser findet tastend ihr Zimmer, schaut aus dem Fenster, das Wetter ist schön, Erleichterung macht sich breit, sie weiß gar nicht mehr, warum.

Wo ist der Sturm?

Jetzt, am nächtlichen Nachmittag, fällt der Schnee, und Lynn, eine junge Frau mit unterschiedlich großen Augen, sitzt auf dem Fenstersims. Ein kleiner sorgfältiger Mann, der einem Entdecker gleicht, steht vor ihr. Er trägt eine bescheidene Brille und dirigiert ein Laienorchester mit munteren Mitgliedern, von denen die junge Frau eines ist. Wo ist der Sturm?, ruft er in den Proben, er muss den Dirigentenstab mit beiden Händen halten, wenn er in die Luft sticht, um ihn zu finden. Er schaut aus dem Fenster und sagt, ich darf nicht mit dir schlafen, aber ich will es unbedingt. Die Frau mit den ungleichen Augen sagt zutraulich, darum geht es ja nicht. Gegenüber der anderen, weich aussehenden, aufgegangenen Frau an der öffentlichen Seite des Mannes, möchte sie eine Verpflichtung fühlen. Aber sie fühlt den Betrug, an dem sie beteiligt scheint, nicht. Sie will das Ohr des Mannes küssen, der am offenen Fenster steht, mitten in den Schneeschwärmen, den weichen Schneeflockenküssen, es scheint erlaubt, die Geräusche sind weg, der Schnee fällt und macht etwas mit, ihr rechtes Auge ist geschlossen, sie sieht alles sehr nah und immer nur etwas, verschwommene Augen, verschwommene Lippen, nahe, weiche Haut. Es ist schön, schuldig zu sein und es nicht zu bemerken, wir wissen es nur. Er streichelt unsicher ihren langen Hals, auf dem das Holz der bockigen Geige einen roten Fleck geschabt hat. Als ich, die aufgegangene Frau, die ich nicht schlafen kann und nicht weiß, wie ich hierher gefunden habe, dieses Zimmer betrete, sehe ich, dass sich die Dinge anders entwickeln, als ich es bestimmen kann. Ich setzte mich auf einen Stuhl in die Nähe und schaue zu. Ich schließe die Augen, darum träume ich.

Koni

Schon bevor die Stromrechnung kam, war Koni sicher, dass er aufpassen musste. Nun, da die Rechung vor ihm lag, war es eindeutig, dass das Verschwinden seiner Katze mit dem Staat zu tun hatte. Mit einer trägen Geste zündete er die Rechnung an und warf sie in das Treppenhaus, wo sie nach Kurzem erlosch. Er hätte gerne um Hilfe gerufen, aber alles deutete darauf hin, dass alle involviert waren. Als Koni die Katze am nächsten Tag wieder vor seiner Haustür sitzen sah, konnte er ihr nicht mehr trauen. Er ignorierte ihr Miauen, die Tränen rannen ihm hell über das Gesicht.

Auffallen

Er verliebt sich immer in Frauen, die er nicht mag. Während er verliebt ist, fällt es ihm nicht auf. Aber nachher merkt er es.

Klarheit

Wenn Pauline auf dem Rücken liegt, sieht sie auf dem Dachfenster die Herbstblätter wie gelbe Fische. Es ist ihr bewusst, dass es sich um gelbe Blätter handelt und nicht um gelbe Fische. Aber noch klarer ist ihr, dass die gelben Fische auf der Fensterscheibe auch dann gelbe Blätter wären, wenn auf der Fensterscheibe gelbe Fische lägen und zuckten. Aus dieser Art von Klarheit entwickelt sich später aus Pauline eine Person, der alles klar ist. Diese Klarheit kann ihr niemand abnehmen.

Honorierung

Frau Nägeli gehörte zu den Verkäuferinnen, die von sich sagen: Wenigstens bin ich ehrlich. Marianne wollte sich ein Kleid kaufen. Ihr gefiel das blaue gut. Das rote gefällt mir persönlich besser, sagte Frau Nägeli, ich persönlich finde, dass es ihnen besser steht als das blaue. Wenigstens sind Sie ehrlich, sagte Marianne. Marianne liebte es, die Sätze zu sagen, die die Menschen von sich dachten. Sie kaufte das rote Kleid, um die Ehrlichkeit der Verkäuferin zu honorieren, denn sie sah es als ihre Aufgabe, die Menschen in den Qualitäten, die sie an sich vermuteten, zu unterstützen.

Beleidigungen

Einmal wurde Elkes Kauen (sie aß immer gerne etwas) von einem Mann auf offener Straße nachgeahmt. Er machte Glubschaugen und auf eine fiese Art und Weise Bewegungen mit seinem Mund. Elke dachte an die großen Essenssäle im Skilager; alle Augen waren auf ihren Mund gerichtet, man äffte hinter ihrem Rücken ihr Kauen nach – es hatte sich herumgesprochen bis heute, ein fremder Mann auf der Straße tat davon Kunde. Trotzig kopierte Elke wiederum den Mann, dieser aber, als er es bemerkte, ging verstört weiter, das Stück Kuchen in seiner Jackentasche schnell versteckend.

Mitfühlen

Die Enkelin weiß, dass es der Großmutter immer so gut geht, wie es der Enkelin geht. Darum sagt die Enkelin, wenn die Großmutter anruft, ihr gehe es sehr gut. Nie würde es die Enkelin zugeben, wenn es ihr nicht gut ginge, was die Großmutter rührt. Aber die Großmutter will immer mitfühlen und vermutet darum, der Enkelin gehe es nie gut. Und weil es der Enkelin wahrscheinlich nie gut geht, geht es der Großmutter immer schlecht.

Über einen Stier

Frau Hasler geht die Straße entlang, nicht einmal mit einem Hund. Einige hundert Meter später wird sie angerannt von einem fliehenden Stier. Er hat sein Schicksal im leeren Hof des Schlachthofes erkannt und Maßnahmen ergriffen. Die umgeworfene Frau erwacht in einem Krankenhaus und begegnet dem Bericht über das Kompromisslose, das Gewaltige, das Unsagbare im Rennen des Stiers – er wurde später in einem Wald für immer »erledigt« – mit einer tief empfundenen und sie nie mehr verlassenden Melancholie.

Susan Kreller
My Huckleberry Friend

Kemmerlan hat das gleich gemerkt, schon am Morgen, als er den übertriebenen Schriftzug las, *Spedition Altner allzeit bereit*, schon am Morgen hat er gewusst, dass ihm einer bevorsteht. Wer genau, das hat ihm die Aufschrift des Möbelwagens aber verschwiegen, und Kemmerlan ist es nicht egal, wer im Haus gegenüber wohnt, nach einem Jahr, in dem niemand in dieser Wohnung gelebt hat, geht ihn das weiß Gott etwas an. Das Fenster ist nur ein paar Meter von seinem entfernt, wenn er auf dem Sofa sitzt, blickt er genau darauf. Früher hat er manchmal gedacht, die Wohnung drüben, die ist näher als seine eigene Frau. Dabei kann er nichts dafür, dass die Häuser hier so eng beieinander stehen, er hat sich das wirklich nicht ausgedacht.
 Früher.
 Früher gab es gar keine Zeit, um nach drüben zu sehen. Früher gab es die Bettpfanne, das schweißnasse Laken und den Geruch von Nachthemden, die längst fällig waren. Kemmerlan hätte auch gar keinen Platz gehabt, um in das andere Fenster zu sehen. Das Sofa war Ingrids Krankenlager und sah zwei Jahre lang wie das reinste Bett aus, vor lauter Krankheit konnte man sich nicht hinsetzen, also hat er das lieber gleich gelassen. Ingrid hätte zwar auch im Schlafzimmer liegen können, aber das wollte sie nicht, das war für sie wie Totsein im Hellen, so was brauchte sie nicht auch noch.
 Jetzt, wo sie im Dunkeln tot ist, seit vier Monaten und zwei Wochen, jetzt kann er vom Sofa aus nach drüben sehen, er kann mit seinem Gläschen dasitzen und gucken, während Ingrid in aller Ruhe tot ist. Es geht ihn wieder etwas an, wer drüben wohnt, Kemmerlan darf verflucht noch mal erfahren, wen er vor sich hat. Stundenlang weiß er aber nicht, wer einzieht, stundenlang kriegt Kemmerlan nicht heraus, für wen der Möbelwagen allzeit bereit ist.
 Wenn er zum Fenster geht und nach unten sieht, kann er nur die Möbelpacker erkennen, die tragen grüne Latzhosen und einen al-

ten Schrank, der nach Geld riecht, so was merkt Kemmerlan sofort. Arm können die Neuen nicht sein, das sieht er auch an den anderen Möbeln, und die junge Frau, die er am späten Nachmittag unten an einem Infusionsständer herumhantieren sieht, passt überhaupt nicht zu dem vielen Geld, das er den neuen Mietern seit dem Schrank zutraut.

Sie ist es aber, sie ist die Neue, denn sie spricht mit den Möbelpackern und blickt dabei immer wieder zu dem leeren Infusionsständer. Ihre Haare sind strähnig, von oben bis unten sieht die Frau ausrangiert aus, von oben bis unten fehl am Platz. Kemmerlan entdeckt keinen Millimeter Lächeln auf der Frau, sie hat nur ihr Gesicht, das hübsch ist und grau. Dann kommt ein junger Mann dazu, Farbe: grau, er scheint sie etwas zu fragen, einen Witz erzählt er nicht. Die Frau schüttelt den Kopf, dann geht der Mann wieder, und Kemmerlan weiß jetzt, was er wissen muss, zwei graue junge Leute ziehen drüben ein, für heute reicht ihm das.

Ab und zu und wirklich nicht oft überlegt Kemmerlan, was ihm gefällt, seit Ingrid aufgehört hat, auf die Fünfzig zuzugehen. Er mag es, dass er zum Gläschen jetzt eine Zigarette rauchen darf, egal wann. Er muss zum Rauchen nicht mehr auf den Balkon gehen, er kann auf dem Sofa sitzen und sich das Fenster gegenüber ansehen oder das Mittagsmagazin im Fernsehen. Gut ist auch, dass er nicht mehr »Frühstück bei Tiffany« ertragen muss, zum Schluss brauchte Ingrid diesen Film zweimal am Tag, sie konnte gar nicht genug davon bekommen. Das macht mich gesund, hat sie gesagt, aber er sieht ja jetzt, was dabei herausgekommen ist, tot ist nicht gesund.

Das Einzige, was er gemocht hat an dem Film, das war, wenn diese Holly im Fenster saß und ihr Lied sang. Die meisten Zeilen waren ihm egal, er verstand sie sowieso nicht, aber da gab es diese eine Zeile, *My Huckleberry Friend*, und die verstand er. Wenn diese Worte kamen und Ingrid ein Lächeln in Richtung Fernseher dämmerte, dann dachte Kemmerlan darüber nach, wie sehr ihm das fehlte, ein Freund wie Huckleberry Finn. Seit der Schulzeit hat er keinen mehr wie Huckleberry gehabt.

Aber nach zwei Tagen sieht Kemmerlan, wer wirklich drüben wohnt, jedenfalls in dem Zimmer, das zum Fenster gegenüber gehört. Als Erstes erkennt er den Infusionsständer, das heißt, er sieht nur den oberen Teil, den, an dem der Tropf hängt. Das Bett, das da weiter unten auch noch stehen muss, sieht Kemmerlan nicht, überhaupt ist in diesem Zimmer rein gar nichts, wenn man von dem halben Infusionsständer absieht und von dem Bild an der Wand. Das, was auf dem Bild ist, kann er nicht erkennen, er hat höchstens eine Ahnung, er weiß, dass das, was er nicht erkennt, so gut wie schwarz ist.

Eine Woche später weiß Kemmerlan nicht einmal mehr das, jemand versperrt ihm die Sicht, endlich. Der Mann, den er sieht, ist alt, er steht drüben am Fenster, ganz schwach steht er da, wie einer, der eigentlich nicht an Fenstern steht, und er runzelt die Stirn. Er ist anders grau als das junge Paar, das Grau ist jahrelang und langsam auf sein Gesicht getropft, es passt zu ihm.

Kemmerlan sitzt auf seinem Sofa und will ihm zunicken, doch er lässt es bleiben, wer weiß warum. Er wagt noch nicht einmal zu atmen, mit einem Pochen im Kopf sitzt Kemmerlan da und starrt diesen Mann an, dessen Leben an sein eigenes angenäht ist, das spürt er sofort. Man kann aber nicht ewig starren, keiner kann das, und als alles verschwimmt und Kemmerlan wieder atmen will, geht er aufs Klo, Schluss, aus. Den Mann wird er auch später noch sehen können, der wohnt jetzt hier, er hat ein Zimmer mit Infusionsständer. Das reicht, um dazubleiben.

Aber Kemmerlan sieht den Mann nicht mehr. An den Tagen danach kann er nur die kleine Welt oberhalb vom Fensterbrett sehen, und in der bewegen sich höchstens die Oberkörper der grauen jungen Leute, was insgesamt nicht viel ist. Immerhin, Kemmerlan weiß jetzt, wem sie, wenn sie sich nach unten beugen, das Kissen aufschütteln oder über die Wange streichen oder sagen, wenn du was brauchst. Er kennt das alles, er vermisst es sogar, er vermisst Ingrid. Kemmerlan hat sie gemocht, und was geliebt heißt, weiß er nicht. Beeindruckt hat ihn Ingrid aber nur ein einziges Mal in ihrem Leben: In dem Moment, als der Tod in ihr Gesicht trat und sie ihm alles, was nur ging, voraushatte. Er weiß noch genau, wie sie ausgesehen hat, sie ist für ihn ganz deutlich gestorben, ihre Augen irgendwo, ihr Geruch schon fast verflogen, im Raum nur ihr unbändiger Nachthemdentod.

Von dem Mann drüben trennen Kemmerlan ein paar Meter, vielleicht zwanzig Jahre und dann noch der winzige Umstand, dass er einfach nicht zu sehen ist. Kemmerlan gefällt das nicht, er fühlt sich verraten, obwohl er es eigentlich besser wissen müsste. Einmal Bett, immer Bett. Dass der Mann kurz am Fenster stehen konnte, dass er das überhaupt geschafft hat, ist ein regelrechtes Wunder, Ingrid konnte zum Schluss überhaupt nicht mehr stehen.

Also verzeiht er dem Mann sein Untertauchen. Kemmerlan merkt das aber erst an dem Abend, an dem er mit dem Unsichtbaren zu reden beginnt, von Fenster zu Fenster, von Sofa zu Bett. Er verrät ihm kein Geheimnis, das gerade nicht, dafür kennt er ihn zu kurz. Aber er erzählt ihm von den Glaskrügen mit Wappenaufdruck, die er sammelt, und für ein erstes Gespräch ist das allerhand, die Glaskrüge mit Wappenaufdruck gehören zu Kemmerlans Leben wie der Infusionsständer zum Leben des Mannes. Kemmerlan beginnt zu reden, eher zufällig fängt er damit an, als er auf dem Sofa sitzt und das Paket auspackt, zwei neue Krüge für die Vitrine. Er liest den Aufdruck des Paketaufklebers, *Nicht werfen, nicht fallen lassen*, und er wiederholt es laut, weil ihm das gefällt.

Nicht werfen.

Nicht fallen lassen.

Dann erschrickt er, weil er eigentlich nicht spricht in seiner Wohnung, doch auch das gefällt ihm. Wieder zu reden. Endlich wieder zu reden. Und er führt ja keine Selbstgespräche, er hat eindeutig jemanden, zu dem er etwas sagen kann. Ganz langsam öffnet er das Paket, vorsichtig wickelt er die Krüge aus dem Papier, und der Mann drüben kann nicht wissen, dass Kemmerlan seit Jahren nach diesen beiden Wappen gesucht hat, also erzählt er es ihm, jede Einzelheit verrät er ihm. Er denkt, dass sich das gut anfühlt, seit Ingrids Tod hat er fast alle Tage mit dem Verschweigen von Einzelheiten zugebracht.

Kemmerlan erzählt dem Mann dann noch, dass er dringend eine zweite Vitrine bräuchte, nur dass zwei Vitrinen leider nicht drin sind, wenn man mal Tischler war und jetzt aber nicht mehr. Er erzählt ihm, dass er das gut gekonnt hat, mit Buche und Kirsche, dass er sich auskennt mit Holz, aber seit er Ingrid gepflegt hat, ist er draußen, Kumpel, das kennst du doch auch.

Draußen zu sein.

So weit weg, dass nichts von dir zu sehen ist.

Nichts als ein paar Zentimeter Infusionsständer.
Kemmerlan passt auf, dass er dem Mann nicht zu viel erzählt. Er will ihn nicht vertreiben, er weiß, wie alles zu laufen hat. Erzählst du zu viel, sind sie weg, erzählst du zu wenig, bleiben sie gar nicht erst stehen.

Damit er auch nicht zu wenig sagt, erzählt er dem Freund ein paar Tage später, wie er nach Ingrids Tod zu einer von der Straße gehen wollte, er hat nur keine gefunden. Kumpel, sagt er, das war bestimmt dumm, ich wollte eine, der ich die Brille absetzen kann und die an den Armen nach Ingrid riecht, richtig dumm war das. Und als Kemmerlan später nicht mehr reden kann und sowieso alles gesagt ist, für heute jedenfalls, gießt er sich zum letzten Mal ein Gläschen ein, Prost, ruft er, Prost, Kumpel, Zeit für die Nacht. Und keine Antwort ist auch eine Antwort, keine Antwort heißt, er hat jetzt einen Freund.

Kennst du das, fragt Kemmerlan an irgendeinem Abend, kennst du das, wenn du auf dem Markt diesen Jungen siehst, der Junge steht drüben bei den Fischern und horcht in eine Muschel hinein, und du guckst ihn an, weil die Muschel doch nur zum Essen da ist, und der Junge ärgert sich und hört auf, in die Muschel hineinzuhorchen, weißt du, wie sich das anfühlt, wenn der Junge deinetwegen aufhört, in die Muschel zu horchen, wie allein sich das anfühlt, kennst du das?

Und der Freund lässt sich auch jetzt kein bisschen blicken, fünf Monate und drei Wochen nach Ingrids Tod, im Frühling fast schon. Aber Kemmerlan merkt trotzdem, wenn es dem Freund drüben schlechter geht, er sieht es an den Gesichtern der Grauen und weiß, wann er ihm ein Gläschen hinstellen muss. Das Gläschen rührt Kemmerlan dann den ganzen Abend nicht an und kippt es erst vor dem Schlafengehen, wenn das Bier schon schal ist, so hastig hinunter, dass man es unmöglich für sein eigenes Gläschen halten kann.

Tagsüber, wenn er einkaufen geht oder in der Bank seine Scheine holt, denkt er an den Freund und merkt, dass es nicht mehr egal ist, ob er heimgeht. Zu Hause legt er ein zweites Besteck hin und stellt einen Teller dazwischen, manchmal, an guten Tagen. Er weiß, dass sie kein neues Leben in Betrieb nehmen werden, der Freund nicht, er selbst nicht, also bitte, dann können sie wenigstens zusammen essen und später probieren, die Dinge gemeinsam anzugehen: die vielen Stunden, die zu überstehen sind, eine so lang wie ein Jahr, die vielen Gläschen, die zu trinken sind, weil man die Stunden ohne Gläschen gar nicht aushalten würde, die vielen Gedanken, die sich breitmachen in den viel zu kleinen Köpfen, das alles können sie genauso gut zusammen aushalten, und sie tun es auch, zumindest Kemmerlan tut es, wochenlang hält er alles zusammen aus, bis er an einem dieser ersten Frühlingstage mit dem Gläschen am Fenster steht und nach drüben sieht.

An einem dieser ersten Frühlingstage ist der Infusionsständer nicht mehr da, Kumpel, lass mich jetzt bloß nicht im Stich, ich hab doch nur noch einen. Kemmerlan starrt in das leere Zimmer über dem Fensterbrett drüben, nein, nein. Bitte. Dann hört er jemanden reden und schaut nach unten, vier Leute sieht er da, lieber Gott, Kumpel. Er schaut sie an und zerdrückt dabei langsam sein Glas, bis das Blut auf den Teppich tropft, nur den Schmerz, der dazugehört, zu den Scherben und zum Blut, diesen Schmerz spürt er noch nicht. Mit seiner ganzen übriggebliebenen Kraft drückt er seine Hand in die Scherben, weil er nicht sehen will, was er sieht: diesen Mann und diese Frau, ehemals grau, ehemals sehr grau, beide mit einem Ausdruck in den Augen, der eine Zumutung ist.

Kumpel, jetzt bist du fort.

Jetzt bist du aus und vorbei.

Und unten ist auch der Infusionsständer, doch der Schlauch – und hier will Kemmerlan das Fenster aufmachen und brüllen, dass sie aufhören sollen da unten, sofort –, der Schlauch führt in die rechte Hand von diesem Mädchen, fünf oder sechs Jahre alt, und die linke Hand hat etwas anderes zu tun, die linke hält sich am Arm des alten Mannes fest, des wirklich uralten Mannes, den Kemmerlan nur einmal zuvor gesehen hat, einmal damals, einmal jetzt, dazwischen hat er einen Freund gehabt.

Das Mädchen geht ganz langsam, es hat geflochtene Zöpfe und ein Gesicht so blass wie Kemmerlans Bierschaum, als der noch weiß war und nicht blutrot auf dem Teppich knisterte. Und was er da sieht in diesem bierschaumweißen Gesicht ist das Gleiche, was er auch schon in den Gesichtern dieser Leute gesehen hat, diesen frohen Fratzen, die ihm sein letztes bisschen Leben zunichte machen, *gewonnen,* schreit es so wortlos aus ihren widerlichen Mündern, dass Kemmerlan ihn plötzlich zu fühlen kriegt, den pochenden Schmerz in seiner Hand. Aber das Blut lässt er tropfen, Rot für Rot fällt es auf den lange nicht mehr gesaugten Teppich, und da weiß Kemmerlan auch, dass das Bild an der Wand die ganze Zeit eine Kinderzeichnung war, ein Rabe, so gut wie schwarz, dessen hämisches Rabenlachen von Kemmerlans Fenster aus deutlich und pausenlos und ab jetzt für immer zu hören ist.

Anne Krüger
Schaumbad

Auf dem Wohnzimmertisch steht ein halb leeres Cocktailglas, die Kirsche liegt daneben.

In der Badewanne liege ich.

Paul hört leise Musik, ich kann hören, wie er Musik hört, und ich kann hören, dass er sie leise hört.

Seit drei Tagen haben wir nicht miteinander gesprochen. Ich glaube, wir lieben uns nicht mehr. Er ist ein feiner Mensch. Seine Hemden sind frisch gebügelt, immer, und der Hemdkragen leuchtet.

Ich bin auch nett. Meine Figur ist top und ich kann Klavier spielen.

Paul ist ein zuvorkommender Mensch. Er ist so zuvorkommend, dass er schon weiß, was ich will, bevor ich es selbst weiß.

Das beunruhigt mich.

Und wenn mich etwas beunruhigt, wenn mich etwas ängstigt, dann ziehe ich mich zurück, klappe meine Kaninchenohren an und hopple ins Wasser der sauber geschrubbten Badewanne.

Ich hebe meinen linken Fuß und lasse ihn dann zurück ins Badewasser fallen. Das Geräusch, das dabei entsteht, gefällt mir. Ich wiederhole den Vorgang.

Ein raschelndes, knackendes Geräusch stört mich dabei. Klaus scheint Erdnüsse zu essen. Habe ich »Klaus« gesagt? Ich meinte natürlich Paul. Was ist nur los mit mir. Der schmatzt so laut, dass ich mich gar nicht konzentrieren kann. Er isst manchmal sehr viel, wenn er nervös ist.

Ich habe Kopfschmerzen. Mehr als drei Tabletten am Tag sind dem Organismus nicht zuträglich, habe ich gelesen, im Beipackzettel oder in einer Frauenzeitschrift. Paul macht sich da um mich wenig Sorgen. Ich habe ihm meinen Verbrauch auch nicht auf die Nase gebunden. Es reicht, wenn er ab und an eine leere Schachtel im Müll sieht.

Nun hat er die Musik noch leiser gedreht. Vielleicht lauscht er. Vielleicht will er wissen, was ich so mache, hier in der Badewanne. Was soll ich schon machen.

Vorhin ist er gucken gekommen. Er hat sogar an die geöffnete Badezimmertür geklopft. Ich lag im Wasser wie eine übermüdete Göttin. Aus irgendeinem Grund glaube ich, dass er gelächelt hat. Bestimmt.

Meine Haare hingen, vom Wasser angeklebt, halb über den Rand der Badewanne, die ich täglich mit einem guten Scheuermittel putze, und meine Hände hatte ich kraftlos über dem Bauchnabel gefaltet.

Paul wollte eintreten, ins Bad, er hatte schon seinen Fuß hochgehoben, und dann hat er es sich noch anders überlegt.

Ich habe nichts gesagt und er auch nicht. Wo wir doch seit drei Tagen nicht mehr sprechen.

Aber er hat gelächelt. Das habe ich gesehen. Ich bin mir fast sicher.

Die Musik ist wieder ein bisschen lauter geworden. Ich erkenne jetzt die Melodie. Paul hört seine Lieblingsplatte. Das bedeutet, dass er aufgeregt ist. Vielleicht plant er die Versöhnung und weiß nicht wie. Vielleicht möchte er mich in ein herrliches Restaurant einladen und weiß nicht, in welches. Vielleicht denkt er an mich und strahlt dabei. Er sieht dann hübscher aus.

Ich glaube fest daran, dass die Liebe alles vermag, sie kann jedes Meer überqueren und jede Mauer durchstoßen. Die Liebe kann das. Problematisch ist nur, dass es die Liebe nicht gibt. Es gibt nur Zuneigung und Zusammenziehen und Zerwürfnis. Und Zerreden. Zerreden ist das Lieblingshobby von Paul.

Wir gehen schon lange nicht mehr weg. Wenn ich etwas vorschlage, dann plappert Paul erst mal los, blabla, festes Schuhwerk, der Regen, blabla, und man muss auch auf die Kontobewegungen achten.

Dann habe ich keine Lust mehr und schmeiße ein paar Tabletten ein. Ich knalle nicht mit den Türen. Ich gehe vornehm, ganz Dame, ins Badezimmer und verspeise ein paar Pillen. Manchmal öffne ich auch demonstrativ das Fenster im Wohnzimmer und erfreue mich der tschirpenden Großstadtspatzen. Aber ich schreie nicht.

Träume sind Schäume. Ich habe vorhin ein glitzerndes Fläschchen mit dunkelblauer Flüssigkeit geöffnet und den Inhalt ins Badewasser geschüttet. Strandwasserblumenduft. Ich dachte an meinen Nordseeurlaub mit Paul, der nie stattfand, denn man muss auch auf die Kontobewegungen achten, nicht wahr.

Ich habe Nixenbeine, wie ich hier so liege, meine Haut ist weich und gewellt, es geht mir plötzlich gut. Und auch Paul scheint es gut zu gehen, denn er hat ja vorhin gelächelt, möglicherweise.

Bald werden wir wieder miteinander reden und ich werde endlich lernen, wie man liebt und dass so etwas tatsächlich möglich ist.

Ich träume ein bisschen von der Liebe zwischen Paul und mir, und wie sie aussehen könnte, wie sie sich anfühlen würde. Ich weiß genau, wie sie beginnt, diese großartige stille kleine Liebe, und sie beginnt natürlich mit diesem Blick, mit diesem Lächeln, durch eine geöffnete Badezimmertür auf eine übermüdete Göttin mit nassem geringelten Haar und gefalteten Händen.

Ich schwimme davon, ich lasse mich treiben, als kostbares Urwaldholz zieht es mich an ferne Gestade, ich sehe Paul da stehen und winken. Er ist gütig wie eine Statue, das weiß ich jetzt und ich bete ihn an.

Paule telefoniert. Kontobewegungen veranlassend, vielleicht. Ich höre ihn ganz deutlich, durch das leise Glucksen des Badewassers, durch halb geöffnete Türen, durch die Musik hindurch. Er spricht in sein Handy hinein und seine Stimme klingt anders als sonst.

Ich möchte wieder meinen linken Fuß heben, um ihn aufs Wasser klatschen zu lassen, wie einen kleinen Applaus. Aber irgendwie bin ich erschöpft.

Ich habe zu viele Cocktails getrunken. Aber es musste sein.

Das war nötig. Das war wichtig. Das war gut. Das hat mich gerettet. Wer weiß, was ich sonst getan hätte. Womöglich etwas Unvernünftiges. Etwas, das sich nicht schickt. Nur um mich an Paul zu rächen. Weil er doch das Interesse an mir verloren hat. Und sich ausschweigt, seit nun mehr drei Tagen. Wer soll das denn aushalten. Also ich nicht, tut mir leid.

Das Wasser bildet feine Bläschen am Badewannenrand, sie zerplatzen so zart, wie sie geboren wurden.

Die Liebe ist eine Himmelsmacht, denke ich so vor mich hin und verwandle mich in eine schwangere Seekuh. Meine Hände sind schrumpelig wie Zwergenhaut und meine Lider schwer und mit Tang behangen. Ich beginne mir vorzustellen, wie sich das Bullauge zum Wohnzimmer öffnet und ich tutend auf Paul in seinem rostroten Retrosessel zutreibe.

Seine Stimme am Handy wird lauter, ungeduldiger. Ich kann gar nicht mehr träumen. Das Badewasser ist auch schon kalt, der Schaum ist zerronnen, meine Zehen schrumpelig. Er ist ärgerlich, der Paul.

Ich hätte nicht so viele Tabletten nehmen sollen. Vielleicht habe ich die Kopfschmerzen erst davon bekommen. Vielleicht geht es mir überhaupt nur schlecht, weil ich Tabletten nehme. Vielleicht haben sich Ursache und Wirkung verkehrt, wie das manchmal so gehen kann. Ich möchte meine Hände auf die Ohren pressen und nie wieder irgendetwas hören. Und auf keinen Fall Karl, wie er telefoniert und Kontobewegungen veranlasst, verhindert oder verflucht. Paul. Was ist los. Und er ist blond. Nein, braun. Einsneunzig groß. Oder so. Mein Mann. Freund.

Verflucht, mir ist kalt. Am Haken hängt ein Bademantel. Der ist schön. Der sieht flauschig aus. Wie ein Schäfchen. Zum Kuscheln. Das Schäfchen macht mäh. Und Paul hat gelächelt. Ganz lieb hat er gelächelt.

Geschrien vor Schreck hat er nicht.

Ich würde gern mit dem Schäfchen kuscheln. Es hat einen warmen Pelz. Und es ist ganz lieb. Ganz lieb und sauber. Wie ich. Wir passen zusammen. Ich stehe auf.

Paul soll es auch streicheln, das Schäfchen mit dem weichen Pelz. Ich tapse zu ihm. Weiß wie eine Wand sitzt er da und hält in der Hand sein Handy. Er sagt gar nichts.

Was hat der.

Auf dem Wohnzimmertisch steht ein halb volles Cocktailglas, die Kirsche liegt daneben.

Andreas Lehmann
Alles klar?

Im ersten Moment glaubte er an eine Verwechslung, aber schon der zweite Blick räumte jeden Zweifel aus. Es war Julia dort auf der Rolltreppe; seine Frau.

Er sah auf die Uhr. Normalerweise war sie um diese Zeit noch im Büro, vor sieben kam sie nie nach Hause. Zuerst wollte er winken und ihren Namen rufen, aber er zögerte, und schon im nächsten Moment war es zu spät. Er sah gerade noch, wie sie die Rolltreppe oben verließ und zwischen den anderen Menschen verschwand.

Beim Einkaufen war er unkonzentriert. Er musste mehrmals auf seinen Zettel schauen und vergaß dennoch die Milch. Hatte Julia ihn nicht ausdrücklich gebeten, heute einkaufen zu gehen?

Als er bezahlt hatte, fuhr er mit der Rolltreppe hinauf. Vielleicht schaute sie einfach nach Kleidern, gewiss musste sie ihm das nicht ankündigen. Aber es blieb ein Rest von Beunruhigung, der umso unangenehmer war, als er ihn sich selbst nicht recht erklären konnte.

Er ging vorsichtig durch die Damenbekleidung und sah sich um. Als eine Verkäuferin auf ihn zukam, drehte er sich weg und tat so, als habe er es eilig. Er hoffte, dass Julia ihn nicht schon entdeckt hatte; falls sie hier war, wollte er sie zuerst sehen. Er überlegte, was er zu ihr sagen könnte, aber es fiel ihm kein einziger Satz ein, der vollkommen harmlos klang.

Doch sie war nirgendwo zu sehen. Er hatte bei den Jacken, den Hosen, bei den Blusen und T-Shirts geschaut und war nun bei der Unterwäsche angelangt. Er sah sich BHs und Slips an und nahm schließlich ein Korsett in die Hand, das ihm gefiel. Einen Moment lang spielte er mit dem Gedanken, es für Julia zu kaufen, doch er war unsicher, ob es ihr gefallen würde. Wie weit er gehen durfte. Er hängte das Stück wieder an den Drehständer und wollte gerade zurück zur Rolltreppe gehen, als er Julia sah. Sie saß in der Cafeteria, an einem kleinen Tisch nicht weit von der offenen Glastür entfernt.

Er ging ein Stück näher heran, aber er zeigte sich nicht. Sie trank eine Tasse Kaffee und aß ein großes Stück Kuchen; Torte sogar, mehrere Schichten Teig mit einer hellen Creme dazwischen. Am Tellerrand lag ein Blatt aus Marzipan. Er kniff seine Augen zu schmalen Schlitzen zusammen und beobachtete sie eine Weile. Julia hasste Süßes. Wenn immer er Pralinen aß oder sich etwas vom Konditor geholt hatte, saß sie nur mit einer Tasse Tee neben ihm und schaute ihn an, als tue er etwas Ungeheuerliches: »Wenn ich den Süßkram nur sehe, wird mir schlecht.«

Als sie das Stück Torte aufgegessen hatte, blieb sie ruhig sitzen. Sie schaute nicht einmal auf die Uhr oder las Zeitung; soweit er sehen konnte, hatte sie nichts eingekauft.

Schließlich drehte er sich um und ging. Trotz seiner Taschen beeilte er sich, er wollte unbedingt vor Julia zu Hause sein.

Als er die Einkäufe ausgepackt und ein kleines Abendessen zubereitet hatte, dauerte es nicht allzu lange, bis sie kam. Es war kurz nach sieben, sie hatte nichts bei sich als ihre Tasche. »Hallo«, sagte sie und gab ihm einen Kuss. Sie lächelte, wirkte so erschöpft wie immer.

Er nahm ihr die Jacke und die Tasche ab.

»Was hast du?«, fragte sie. »Warum siehst du mich so an?«

»Nichts«, sagte er, aber es fiel ihm schwer, seinen Blick von ihr zu wenden. Er gab ihr noch einen hastigen Kuss und ging voraus ins Wohnzimmer. »Lass dir Zeit«, sagte er laut und setzte sich. Er goss Tee in beide Tassen und wartete, bis sie zu ihm an den Tisch kam.

Beim Essen sprach vor allem sie, wie immer. »Wie war dein Tag?«, fragte er nur. Die Worte klangen wie ein Zitat aus einem Film, er war sich sicher, dass er sie noch nie in seinem Leben verwendet hatte. Julia erzählte die üblichen Geschichten aus dem Büro, dieselben Namen, Scherze und Sorgen wie immer.

»Wo kommst du her?«, fragte er schließlich. »Wie war die Heimfahrt, meine ich. Alles okay?«

»Klar«, sagte sie, »alles gut, mein Lieber.« Dabei zwinkerte sie ihm zu und strich sich gleichzeitig die Haare hinter das Ohr. Ihm gefiel diese Geste, aber er war sich nicht sicher, ob er sie je bei ihr gesehen hatte. »Und bei dir?«

Eine Weile saßen sie zusammen, dann räumte er den Tisch ab und spülte das Geschirr. Sie sah noch etwas fern, trank ihren Tee aus und ging schließlich ins Bett. Er folgte ihr bald, jeden Abend war es so.

Ein paar Mal ging er fortan abends in das Kaufhaus, einmal sogar an zwei Tagen hintereinander, obwohl er nichts zu besorgen hatte. Und jedes Mal sah er Julia. Im Grunde war das Seltsamste, wie wenig es ihn verwunderte, sie wieder dort zu entdecken. An genau demselben Tisch in der Cafeteria. Jeden Abend saß sie dort, trank einen Kaffee oder einen Kakao und aß ein Stück Torte. Ohne Hast, ohne sichtbaren Genuss. Und immer ganz allein.

Einmal fragte er sich, ob sie sich vielleicht doch mit einem Mann traf, und der Gedanke erregte ihn. Obwohl er nicht gezögert hätte, das Gefühl Eifersucht zu nennen, hatte es mit Zorn oder mit Angst nichts gemein. Er wusste nicht einmal, ob es ihm unangenehm war. Doch es gab keinen anderen Mann, immer blieb Julia allein.

Eines Nachmittags schließlich kaufte er zwei große Stücke Torte. Als Julia abends nach Hause kam – zur selben Zeit und, auch das war eigenartig, genauso hungrig wie immer –, servierte er die Torte anstelle des üblichen Essens. Er schenkte Tee ein und wünschte ihr einen guten Appetit.

Sie runzelte die Stirn und sah ihn an. Zunächst trank sie einen Schluck, bevor sie sagte: »Was soll das?« Sie klang nicht wütend, sondern lediglich erstaunt. »Du weißt doch, dass ich das süße Zeug nicht mag.« Sie schüttelte den Kopf, lächelte und rührte die Torte nicht an. Von der knallroten Kirsche biss sie die Hälfte ab, aber dann ging sie in die Küche und holte sich Brot und Käse.

An diesem Abend wagte er kaum, ihr in die Augen zu sehen. Er war froh, als sie ins Bett ging. Er blieb länger auf als sonst und trank zwei Gläser Wein, die er Julia gegenüber am nächsten Tag nicht erwähnte.

Irgendwann aber war er es leid, sie zu beobachten. Er ging wieder vormittags einkaufen und blieb abends zu Hause, um sich in Ruhe anderen Dingen zu widmen. Zu lesen, fernzusehen, die Wäsche zu waschen. Bis er eines Abends einer Laune folgte und sie im Büro anrief. Es war bereits nach sechs, aber ihre Kollegin sagte nur, sie sei im Augenblick nicht am Platz. Ob sie ihr etwas ausrichten könne. Er bedankte sich freundlich und sagte, es handle sich um nichts Wichtiges.

»Einen schönen Feierabend«, sagte er, dann legte er auf und trank einen Schnaps. Hinterher putzte er sich die Zähne.

Am nächsten Abend ging er nach Längerem wieder in das Kaufhaus. Er war etwas zu früh, noch sah er Julia nicht. Zunächst wartete er ganz ruhig, begann jedoch bald nervös zu werden. Er schaute alle zwei Minuten auf die Uhr und war irgendwann so unruhig, dass ihm der Atem stockte, als er sie schließlich kommen sah. Er versteckte sich hinter einem Kleiderständer. Für einen Moment kam es ihm vor, als sehe er eine fremde, schöne Frau. Hatte er vergessen gehabt, wie schön sie war? Sie trug ein enges Kostüm, das er lange nicht an ihr gesehen hatte. Sie holte sich einen Kaffee und ihr Stück Torte, so wie immer, und begann langsam zu essen.

Nach wenigen Minuten schon verließ er sein Versteck. Auf dem Weg zur Rolltreppe kam er wieder an der Damenwäsche vorbei. Als er dasselbe Korsett sah, das ihm schon einmal aufgefallen war, griff er kurzentschlossen zu und kaufte es. Er ließ es als Geschenk einpacken; auf dem Heimweg beeilte er sich noch mehr als sonst.

Zu Hause angekommen, machte er schnell das Essen und deckte den Tisch. Bis Julia kam, blieb ihm noch eine gute halbe Stunde. Er ging ins Schlafzimmer und schloss die Tür hinter sich, und schon als er das Geschenk auspackte, ließ die Erregung seine Hände zittern. Er zog sich aus und zwängte sich in das Korsett. Es war ein seltsames Gefühl, noch nie in seinem Leben hatte er Damenwäsche anprobiert. Er stellte sich vor den Spiegel und errötete. Eine Zeitlang stand er bewegungslos da und genoss seine Erregung.

Irgendwann hörte er, wie unten die Wohnungstür ging. Er lauschte auf Julias Schritte im Flur. »Sekunde!«, rief er nach unten, durch die geschlossene Schlafzimmertür hindurch, »einen Moment, meine Süße!« Seine eigene Stimme klang sonderbar heiser. So schnell er konnte, zog er das Korsett aus und seine Sachen wieder an. Das Korsett und das Geschenkpapier stopfte er unter das Bett.

Dann öffnete er die Tür und ging langsam die Treppe hinunter. Noch immer war ihm warm im Gesicht, am ganzen Körper spürte er ein Prickeln. Er war sich jedes Schrittes bewusst, den er ging, und es kam ihm vor, als habe er die Umrisse der Dinge noch nie so scharf gesehen.

»Alles klar?«, hörte er Julia sagen, als er die letzte Stufe hinunterging.

Noch sah er sie nicht. Aber gleich würde er ihr gegenübertreten, und er war so gespannt darauf, dass er seine Hände zu Fäusten ballte und seine Augen für einen Moment zusammenkniff.

Janko Marklein
Wir stellen uns nicht dumm an

Wir sitzen im Gras neben der Güllegrube. Es stinkt kaum, das liegt am Wind. Hinter uns, im Innenhof, picken die Hühner wie blöde auf die Steinplatten. Die Grube ist bis zur Hälfte gefüllt. Man kann eine Leiter hinaufklettern und hineingucken. Die Gülle ist an der Oberfläche getrocknet, eine Kruste hat sich gebildet, aber wenn man einen großen Stein hineinwirft, zerbricht sie. Vor drei Jahren, in den Sommerferien, hat Paul den Lenkdrachen von Ole in die Güllegrube gesteuert. Ole hat ein bisschen geweint, ist aber nicht hinterhergesprungen.

Ole zeigt uns die Tüte mit den toten Fischen. Die hat er im Gebiet aus dem großen Forellenteich geholt. Wasser tropft aus der Tüte auf das Markenzeichen von seiner Jeanshose. Ole erzählt: Alle Fische im großen Forellenteich sind tot. Mit den weißen Bäuchen nach oben treiben sie auf der Oberfläche. Das ökologische Gleichgewicht, sagt Ole, der Sauerstoffgehalt. Paul sagt, dass Ole diese Fische alleine essen kann.

Im Hof entzündet Ole ein kleines Lagerfeuer. Mit seinem Taschenmesser macht er einen Stock scharf. Er spießt einen Fisch auf und hält ihn über das Feuer. Paul und ich bleiben im Gras sitzen, stecken uns die Finger in die Hälse und machen Kotzgeräusche. Zwischendurch legt Ole den Stock zur Seite, um Feuerholz nachzulegen. Solange liegt der halb geräucherte Fisch im Dreck.

Hinter dem Dorf gibt es einen Wald, in dem Wald gibt es drei Forellenteiche. Das ist das Gebiet. Es gibt auch einen Hochsitz mit einer Holzleiter, aber die Leiter ist kaputt. Außerdem gibt es eine kleine versteckte Kabine im Gebüsch, die ist so groß, dass nur eine Person hineinpasst. Von außen ist sie mit Ästen und grünen Schaumstoffmatten beklebt, so merken die Tiere nichts. Manchmal sitzt in der Kabine ein Fotograf, stundenlang, und wartet auf schöne Vögel, die er fotografieren kann. Dann ragt aus einem Loch im Holzkasten ein dickes Objektiv. Es gibt auch ein widerliches Plumpsklo ohne Klopapier, aber da geht nur der Fotograf drauf. Es steht am Rand vom kleinsten Forellenteich.

Als Paul gegangen ist, erzählt mir Ole von seinem Tag im Gebiet. Gleichzeitig frisst er seinen Fisch. Er beißt ihn direkt vom Stock ab, Fett läuft ihm über die Finger. Er sagt: Ich habe im Gebiet ein Mädchen gesehen. Es stand am Steg vor dem großen Teich. Hin und wieder hat es sich an den Beinen oder Armen oder am Kopf gekratzt. Sonst hat es nichts getan. Ole lacht. Ich sage ihm, dass er das Mädchen verjagen muss, wenn er es noch einmal im Gebiet antrifft. Ole hat seinen Fisch ganz aufgegessen, mit Gräten und Kopf. Er nickt.

Am nächsten Tag geht Ole noch einmal in das Gebiet. Ich folge ihm heimlich. Er trifft das Mädchen. Zusammen stehen sie am Steg und halten sich an den Händen. Ich verstecke mich hinter einem Gebüsch, von dort beobachte ich sie. Nach einer Weile dreht sich das Mädchen um und ich kann sein Gesicht sehen. Das Gesicht ist sehr hässlich, vor allem die Augen: Die Augäpfel treten hervor wie bei einem Fisch. Ole sagt etwas, da fängt das Mädchen mit seinen dicken, hässlichen Augen an zu weinen. Ole nimmt auch die andere Hand von dem Mädchen und sieht ihm direkt ins Gesicht. Leise redet er auf das Mädchen ein. Dann spuckt das Mädchen in das Gesicht von Ole.

Am Nachmittag sagt Ole zu mir: Ich habe das Mädchen verjagt. Sie hat sich gewehrt. Sie hat mir ins Gesicht gespuckt. Er hält den Ärmel von seinem Kapuzenpullover in die Höhe, daran klebt der Rotz von dem Mädchen.

Später treffe ich Paul auf der Wiese am anderen Ende vom Dorf. Er hat eine neue Uhr und ein Taschenmesser, das hat mehr Funktionen als Oles. Mit der großen Klinge macht er Fechtbewegungen. Ich komme noch mit zu Paul. Seine Eltern und seine großen Brüder sind nicht da. Wir legen uns in das Schlafzimmer seiner Eltern, da gibt es einen Fernseher, an dem hat Pauls Vater den Pornokanal freigeschaltet. In dem Film, den wir gucken, geht es um Außerirdische, die so aussehen wie Menschen. Sie studieren unser Sexualverhalten. Paul onaniert, nach einer Weile onaniere ich auch. Hinterher wischen wir mit einem Stofftaschentuch alles weg, dann fahre ich nach Hause.

Es passiert nicht viel in diesen Tagen. Wir haben Sommerferien, dann sind sie wieder zu Ende. In der Schule treffe ich Ole und er sagt zu mir, dass er in letzter Zeit immer so müde ist. Er schreibt auf einen Zettel etwas, das ich nicht sehen soll, er hält seine fette Hand davor.

Fast jeden Nachmittag geht Ole heimlich in das Gebiet, um das hässliche Mädchen zu treffen. Es sitzt im Schneidersitz auf dem Holzsteg und wartet auf ihn. Er setzt sich zu ihr, er keucht dabei und seine Gelenke knacken. Er versucht sich vorzubeugen, um das hässliche Mädchen zu küssen, aber ihr Kopf ist zu weit weg. Also steht er noch einmal halb auf und jetzt kann er das Mädchen auf die Stirn küssen, über die Fischaugen.

Paul und ich gründen einen Verein. Die Scheune ist unser Hauptquartier, dort veranstalten wir die Aufnahmeprüfungen. Immer zwei Jungen treten gegeneinander an. Auf ihre erigierten Geschlechtsteile müssen sie sich die alten Fische stecken, die Ole noch nicht gegessen hat. Der, dessen Fisch als erster runterfällt, hat verloren. Paul und ich geben ihm ein paar Schläge in den Bauch und ins Gesicht, dann fliegt er raus. Der Andere wird aufgenommen.
   Paul teilt die Vereinsmitglieder in kleine Staffeln ein. Die Staffeln müssen das Gebiet bewachen, denn das Gebiet ist unser Trainingslager. Dort machen wir Wettkämpfe in Schnellschwimmen, Boxen und Weitwurf.

Ich fahre mit dem Fahrrad zu Ole und frage ihn, ob das dumme Mädchen endlich aus dem Gebiet verschwunden ist. Ole sagt, dass mich das nichts angeht. Dann muss er Hausaufgaben machen. Seine Mutter ist so fett wie er und legt ihm ihre fette Hand auf die Schulter. Wenn ich will, kann ich reinkommen und mit ihr einen Kaffee trinken, die Freunde von ihrem Sohn möchte sie gerne besser kennenlernen. Ich fahre mit dem Fahrad bis zur Straßenecke, dort verstecke ich mich hinter der Bushaltestelle und warte, dass Ole ins Gebiet aufbricht.
   Den ganzen Abend sitzen Ole und das Fischauge an dem Steg. Ich liege so nahe bei ihnen, im Laub, dass ich ihren Gesprächen lauschen kann. Dem Fischauge ist kalt, Ole legt seinen Arm um

ihre kantigen Schultern. Sie erzählt ihm ihre Lebensgeschichte: Von zu Hause ist sie weggelaufen, denn ihre Eltern haben sie schlecht behandelt. Nie wieder möchte sie zurückkehren. Ole sagt, dass es schon gut ist, er streichelt ihre kantige Schulter. Bis zu meinem Versteck kann ich riechen, wie sehr das Fischauge stinkt. Wahrscheinlich wäscht sie sich in dem Teich mit den toten Fischen.

Manchmal trifft sich der Verein zum Fußballspielen im Hof. Die Hühner rennen uns vor die Füße und benehmen sich auch sonst ziemlich bescheuert. Wir scheuchen sie ins Tor, mit ihren langen Hälsen verfangen sie sich im Netz, so haben wir eine Zeitlang Ruhe. Paul schießt mir einen Ball gegen die Nase, es blutet ein bisschen, tut aber nicht besonders weh. Ich bekomme von meinen Eltern neue Torwarthandschuhe geschenkt, darin schwitze ich ganz schön, aber immerhin schützen sie die Hände. Irgendein Vollidiot schießt den Ball in die Güllegrube. Wenn er sich weiterhin so dämlich benimmt, fliegt er hinterher. Aber sein Vater ist reich und kauft uns einen neuen Ball.

Abends sitzen Paul und ich im Gras und verwalten den Verein, wir planen die neuen Aufnahmeprüfungen. Dann wird es kalt und bald ist es fast schon Herbst. Drinnen, im Zimmer von Paul, sitzen wir auch manchmal. Pauls Vater gibt uns Bier, Paul betrinkt sich, dann geht er ins Badezimmer und pisst ins Waschbecken. Er kotzt auf die Fliesen, dann in die Kloschüssel. Ich helfe ihm, denn er kotzt immer weiter. Pauls Vater liegt mit Pauls Mutter im Elternschlafzimmer, da sollen wir nicht stören. Tief über die Kloschüssel beugt sich Paul und ich stütze ihn.
   Dann liegen wir zusammen in Pauls Bett. Nach Hause kann ich nicht mehr gehen, ich muss Pauls Kopf festhalten, sonst erstickt er an neuer Kotze, das kann passieren. Die ganze Nacht über halte ich Pauls Kopf fest. Paul sagt, dass er mir sehr dankbar ist, dann schläft er ein. Später wacht er wieder auf und sagt noch einmal, dass er mir sehr dankbar ist.

Ole hat vor dem Verein keine Angst. Er und das Fischauge spazieren durch das Gebiet, mitten am Tag. Sie laufen über einen Weg, der ist voller Matsch. Also nimmt Ole das Fischauge auf den Arm, damit ihre Füße nicht dreckig werden, aber die Füße sind sowieso schon dreckig.

Ich folge ihnen zu der Kabine vom Fotografen, da gehen sie zusammen rein. Von drinnen höre ich sie leise flüstern. Ich blicke durch das Loch für das Kameraobjektiv. Eine Zeltlampe hängt von der Decke. Der fette Ole und das dürre Fischauge stehen nebeneinander und glotzen sich an. Ihre Gesichter sind von der Lampe bleich. Auf einem Brett an der Wand liegt eine Zahnbürste. Das Fischauge sagt, dass sie für immer mit Ole in dieser Kabine bleiben möchte.

Zusammen mit Paul gehe ich am nächsten Tag noch einmal zur Kabine vom Fotografen, die ist jetzt leer. Außer der Zahnbürste liegen in der Kabine zwei Mädchenschlüpfer, ein paar Wollsocken und ein Tagebuch. In dem Tagebuch steht nur Mist: Das Fischauge hasst und vermisst ihre Eltern gleichzeitig. Das schreibt sie immer wieder. In dem Tagebuch gibt es vorgedruckte Linien und auf manchen Seiten stehen eingerahmte Mutmachsprüche. Wir lassen die Sachen in der Kabine liegen und gehen zum großen Forellenteich.

Das Fischauge steht alleine am Steg. Als wir kommen, dreht sie sich zu uns um und fragt uns, ob wir Freunde von Ole sind. Dabei lacht sie blöde. Ihr Gesicht ist so dreckig und hässlich wie immer. Paul schlägt ihr in den Bauch und gibt ihr eine Frist: In drei Tagen muss sie verschwunden sein aus dem Gebiet. Sie spuckt Paul ins Gesicht. Ich schubse sie in den Forellenteich.

Den ganzen Abend sitzen Paul und ich zusammen am Steg und passen auf, dass das Fischauge nicht aus dem Wasser klettert. Sie zappelt ganz schön und verschluckt sich, aber immerhin werden ihre Haare und ihr Gesicht sauber. Es gibt Seerosen, an denen will sie sich festhalten, aber sie gehen zu schnell unter. Dann wird es dunkel, am Himmel stehen ein paar Wolken, es ist auch ziemlich kalt, der Herbst hat begonnen.

Als Ole kommt, schmeißen wir ihn zum Fischauge in den Forellenteich, dann gehen wir nach Hause.

Der Verein hat großen Erfolg in der Schule. Immer mehr Leute wollen aufgenommen werden. Ole entschuldigt sich bei uns und fragt, ob das Fischauge und er auch in den Verein dürfen. Er darf, aber das Fischauge nicht, denn Frauen werden im Verein nicht geduldet.

Am nächsten Tag rufe ich bei Ole an und seine fette Mutter geht ans Telefon. Sie sagt, dass ich ihren Sohn in Ruhe lassen soll. Ich sage ihr, dass ich mit Ole sprechen möchte. Sie sagt noch einmal, dass ich ihren Sohn in Ruhe lassen soll. Sie sagt auch, dass sie sonst mit meinen Eltern sprechen wird. Dann legt sie auf.

Am Wochenende macht der Verein eine kleine Vereinsparty, so lernen wir uns besser kennen. Es gibt ein Lagerfeuer genau an der Stelle, wo Ole seinen Fisch gebraten hat. Sein angespitzter Stock liegt noch im Gras. Wir stecken Brot darauf und schnell wird es knusprig. Ein paar Getränkekisten haben Paul und ich aus dem Supermarkt geholt. Leider ist Ole nicht dabei, von seiner Mutter hat er Hausarrest bekommen.

Es wird ein schöner Abend. Wir stellen Strohballen in sicherer Entfernung um die Feuerstelle, darauf sitzen wir und später spielt auch jemand Gitarre.

Paul und ich sind in dieser Nacht für die Staffel eingeteilt, so können die anderen ihren Spaß haben. Jeder von uns nimmt ein Bier in die Hand, dann brechen wir auf. Im Gebiet klettern wir auf den Hochsitz. Paul zieht sich an den dicken Ästen hoch, dann hilft er mir. Von oben können wir alles sehen. Die drei Teiche schimmern im Licht der Sterne, das ist ganz schön.

Wir klettern wieder nach unten und gehen zum großen Teich. Wir setzen uns, dann schüttet Paul mir sein Bier ins Gesicht. Er sagt, dass es zu viel Kohlensäure hat. Ich lache, dann schütte ich ihm auch mein Bier ins Gesicht. Über das Kinn läuft es ihm und auf den Kragen von seinem T-Shirt. Aus seiner Jeans zieht Paul ein Taschentuch, damit wischt er mir das Bier aus dem Gesicht. Dann ist das Taschentuch vollgesaugt, aber mein Gesicht ist schon beinahe trocken.

Später nutzen wir das Taschentuch, um es dem Fischauge in den Mund zu stopfen. Einen Arm dreht Paul ihm auf den Rücken, und so stapfen wir zu dritt durch das Gebiet. In die Güllegrube wollen wir das Fischauge werfen, da soll es verrecken.

Hinter einem Busch haben wir es gefunden. Da lag es und schnarchte und war auf uns nicht gefasst.

Auf dem Hof ist niemand mehr wach, das Feuer ist lange schon ausgegangen. Die Strohballen haben die Vereinsmitglieder wieder in die Scheune gebracht, bevor sie gegangen sind. Die leeren Bierflaschen stehen ordentlich vor dem Scheunentor. Quer über den leeren Innenhof gehen wir mit dem Fischauge, zur Güllegrube.

Es weigert sich, auf die Leiter zu steigen. Es zappelt wie blöde. Es spuckt das Taschentuch aus, aber Paul hält ihm eine Hand vor den Mund. Zusammen hieven wir das Fischauge Stufe um Stufe die Leiter hoch.

Paul sagt zum Fischauge, dass alles halb so schlimm ist, dann schubst er es in die Güllegrube.

Eine Weile noch sitzen Paul und ich zusammen in seinem Zimmer. Ich erzähle Paul, dass Ole einmal in der Schule etwas auf einen Zettel geschrieben hat, das ich nicht sehen durfte. Ich nehme mir vor, Ole bald zu fragen, was auf dem Zettel stand. Paul und ich trinken jeder noch ein Bier, dann werde ich müde und gehe nach Hause.

Philip Maroldt
Zwischen den Nullen und Einsen
Gedichte

> *... weil die leere Tiefe und wüste Finsternis zu Null und Nichts,*
> *aber der Geist Gottes mit seinem Lichte zur allmächtigen Eins gehört.*
> *Wegen der Worte des Sinnbilds habe ich mich eine Zeitlang bedacht*
> *und endlich für gut befunden diesen Vers zu setzen:*
> *Alles aus dem Nichts zu entwickeln genügt Eins*
> *(Omnibus ex nihilo ducendis sufficit unum).*
>
> Gottfried Wilhelm Leibniz

> *... den ganzen heliozentrischen dunst der diese ergebenen*
> *hirne geträumt hat, ihr glück; und die haut*
>
> *die haut und die häuser gibt es, den Hades der*
> *das pferd wieder aufnimmt ...*
>
> Inger Christensen, *Alphabet*

1

die namen desinfizieren.
      die buchstaben umstellen
zu einer unerhörten *supply-chain*; glieder
      von solcher festigkeit, zeichen, fast
monumente, dazwischen licht|blicke
      durch endzeitzahnlücken in dieses neue
nabelland – o belladonna, die milch&
      honigpixel auf deinen lippen! bitte
sofort beenden, stottrr ICH
      ist ein *flashplayer* / blitzspieler / strom-
schlag. bitter dein lächeln im fahlen gewitter-
      licht dieses angebissenen apfels
[schale monaden]. steriler speichel
      als schlußbild gespeichert:
schwindende erektionen.

10

sofort beenden klicken.
    ich-reste auflesen, bildreste:
korkstücke. baumrinde. abbruch-
    häuser. holz|kohle. leipzig. leibniz
& du, meine tandaradeimaschine, ihr
    schlagt eure körperöffnungen auf
einander, jetzt kommt gesang – ich hör es genau
    mit der wunden mundschlucht
[entzündungen, die ins herz wandern]
    freizeichen auf meinen stimmlippen
mögliche welten *god only knows*
    barocke brandbeschleuniger, bücher –
wohltemperiert bei fahrenheit 451
    [als netzhautkopie] *what I'd be
without you*: null, kein strom.

11

strom. ich seh es genau
    dein bauchgewühl, elektronisch
verdichtet, verlangsamt, scharf
    gestellt, auf den kopf
gestellt, & wieder ins positiv rück
    gerechnet, *tandaradei*.
ein so kostbares frequenzband
    schmückt dich, es flattert
durch tag & wind, ein unbefleckter empfang.
    es schlägt eine bresche
in etwas wie ewigkeit, gürtet
    die gegenwart, schneidet
nur dir nicht ins fleisch, dir allein
    [multifunktionsfleisch]
sehe dich eingenickt in deiner bibliotheca.

100

dein glück nur als negativ darstellbar.
      gebrannt ins fotoprogramm
[geschlossener code] als verfremdete körper [prototypen] –
      gläserne liebe, gläserne bürger
gläserne fasern, muskelfasern [unbefleckter empfang].
      der himmel über den serverschränken
trocken & porenlos dicht, wirft das röhren
      der kühler zurück.
kunstvoll überhöhte temperaturen,
      kulissen, von tageinstrahlung bereinigt.
du träumst nicht, du betrachtest
      die sterne, wirklich
vernetzt, entbunden, abgenabelt –
      wiegend & tanzend & singend,
deidaratan – invertiert.

101

automatenglück – aminosauer,
      hervorragend tauglich, *grade a.*
immer nur schwarze zahlen
      in deinem gesichtsbuch,
gutschriften, güter, genetisch bedingter gewinn.
      tägliche unschuldupdates,
ständig so frisch wie die blumen-
      daten, ach deine unbekümmerten
daten, liebhaber – haptisch herausragend –
      & dazu goldgelb gebackene väter
die *thy eternal summer* geschickt
      restaurieren, auf ewig neu einfärben
dir dieses köstliche *high-definition*-diesseits direkt
      in die wiege legen, ungewogen,
beinahe naturbelassen, beinahe geschenkt.

110

unzerstörbare alpenveilchen:
    zuverlässiger massenspeicher abseits
der autobahn. baustellen, karambolagen
    von klarnamen, fluchtplänen, offen
geführten gesprächen. beim abbruch der stimme
    hängt sich mein navigationsgerät auf:
seltsamer resonanzeffekt ±±±
    dann wortschleife: *bitte wenden.*
jemand verweigert den löschvorgang,
    gründlich erinnerte schweißtropfen bilden
das ortungssystem – sie sperren die diagnose-
    funktionen, blockieren die poren.
vergangenheit wird ein ungültiges dateiformat.
    anweisung: schwere ausnahmen einrichten,
fehler. es folgt der signalton.

111

archaische antikörper auffahrn:
    brandneue erlkönige
als kontrapunkte zu polyphonie-
    polypen, verkehrsknoten-
punkten, verliebtheitsvektoren
    in deinem koordinatensystem.
den kosenamen auswerfen
    die atemwege befreien
von deiner *natürlichkeit.*
    eden dekontaminieren
& andere worthülsen
    bis sich die nacht herunterfährt &
ein neustart der sonne erfolgt
    in all deinen akten jedoch –
noch immer keine rückmeldung von arkadien.

1000

ein kuß in deinem euklidischen raum
    ein zärtliches intervall,
eine wolfsquinte möglicherweise [komma] geschichtet.
    pythagoräische partituren mit perfekter akustik
unter den fingern, deinen sehnenscheiden-
    empfindlichen werkzeugen [blindenschrift-
griffel], reibung bis 451, bewußtloses um-
    blättern [büttenpapier], die schöpfung
braucht keine zahlen, kein raster, ganz
    selbstvergessen bist du
in deiner bibliotheca, die heiße nacht
    als abbild hinter der retina ...
(sensible elektroden könnten jetzt aufmerken),
    schlaflabor, schaflabor, hörst du es:
schatz, *sîn liebscht* schatz.

1001

nacht. stöhnen. störgeräusch
    feines, kreischiges zisseln
sattbunte schichtungen, *point of view*,
    belladonna, bitte um rückruf:
auftritt sehnsucht, *fatal* re-
    produktionsfehler. zahlen
fallen zusammen, komplexe handanlagen *im hinfall*
    das leben & mundstücke, [schmatzen
bei niedriger bitrate], sogar bananen sind
    noch erkennbar, dann wieder bild-
bruch – blaupausen, druck-
    platten – digitalschellack, funk-
elndes, künstliches knistern beginnt
    & zwischen geweiteten löchern tönt
aus dem füllhorn dein weckruf: ein tiername – *tandaradei*.

Tom Müller
Himmel und Fleisch

Die Schafe hingen kopfüber, rochen wie Heu und alter Käse. Sie hatten gefressen, mussten die schmale Rampe rauf, eins vor dem anderen, die hinteren drängten, sie wussten nicht, was sie taten. Ein Mann in Weiß machte es amtlich, sprach ein Gebet, schnitt einem nach dem anderen die Kehle durch, halal und halleluja. Sie wurden aufgehängt, das Band lief, sie kamen zu einem Mann in Weiß, der trennte am Bauch das Fell auf, streifte die Haut ab, sie fuhren weiter, das Blut rann von oben nach unten, tropfte in die Abflussrinne, aus dem Bauch der Dunst wie Heu und alter Käse. Das Zucken wurde schwächer, eine Frau mit Pferdegebiss schnitt einem nach dem anderen Hufe und Klauen ab. Auf dem Band fuhr die Ware ins Kühlhaus, dort hingen sie kopflos, nun waren sie sauber. Es war die gottgewollte Ordnung, Country Fresh Walangarra.

Ich schrubbte in beiden Hallen, der Boden knallrot. Mit dem Fleisch oder den Arbeitern durfte ich nicht in Kontakt kommen.

In der Halle nebenan bekam jeder seinen Teil. Vier Grad Celcius, das brachte Zeit, es musste schnell gehen, nichts durfte verderben. Zwei Verarbeitungsreihen, Schenkel und Keulen wurden nach links – von Brat aus gesehen –, Lende, Schulter und Nacken nach rechts gegeben. Brat stand am Ende des Bands, schloss die Kartons und drehte sie unter einer Maschine, die Straps um Kartons schoss. Dann schob er sie in die Röhre, runter in den Gefrierkeller. Wir waren die Einzigen, die mit dem Fleisch nicht in Berührung kamen.

Vom ersten Tag hatte Brat den Strapperjob. Acht Stunden, hundertachtundzwanzig australische Dollar, fünf Tage und jeden Dienstag war Zahltag. Dreihundertvierundachtzig bei vierzig Prozent Ausländersteuer, Brat war Neuseeländer, das war, was es gab. Nach einer blanken Woche Kaffee und Zigaretten war er eines morgens vor sein Zimmer getreten, in Lederschuhen, ein Anblick, er hätte ewig so dastehen können, aber Jim, der Stechuhrstecher, hupte schon, was das Zeug hielt. Brat war alt und sah noch älter aus, die Schuhe, die hatte er gepflegt.

Das Geld bekam man hier bar auf die Hand und legte es dort auf den Tresen. Außer am Dienstag, da brauchte der Wirt Leute, die die Schläuche der Zapfanlage leerten, während er sie mit Wasser spülte. Wir tranken, bis nur noch Wasser kam, betrunken wurden wir nie, Brat kochte dann Kaffee, kam hinters Haus, setzte sich dazu. Es gab einen Tisch, auf den bis sieben die Sonne schien, mit Blick auf eine quadratische Wiese und einen Wäscheständer.

Scotch, sagte er, nahm ohne zu fragen die Flasche und hielt sie sich vor die Nase. *The personal Single Malt.* Er beschaute die Flasche von allen Seiten. Ist der gut?

Ein Souvenir. Von einer Freundin.

Ist die hübsch? Er setzte sich, lehnte sich zurück und stellte sich die Flasche auf den Bauch. Dreihundertvierundachtzig, sagte er, vier zwanzig das Bier. Wie viel macht das?

Einundneunzig und ein halbes, sagte ich, das ziehst du in einer Woche weg.

Yup, sagte er.

Oder zweihundertfünfundneunzig Liter Benzin. Eine Fahrt ins Outback. Keine Schafe, keine Menschen. Rote Erde und Himmel.

Naa, sagte er, streckte die Zunge raus.

Du bist alt.

Trinken wir einen Schluck. Er stellte die Flasche auf den Tisch, die Sonne schien ihm ins Gesicht.

Sie ist noch zu, sagte ich.

Er legte die Beine hoch, grinste mich an. Nimm dir eine Frau, Junge, mach sie dir zurecht, mach eine Familie.

Naa, sagte ich und streckte die Zunge raus, zog die Flasche zu mir heran. Bei der richtigen Gelegenheit.

So lief das bei uns eine Zeit.

Er war dabei. Ich war in den Gefrierkeller versetzt worden. Um halb fünf würde Brat die Pakete quer in die Röhre schieben, der Diensthabende hineinklettern, die Verkantung lösen, ich würde einen Karton draußen unter Jims Senator verstecken. Es war der letzte Dienstag, ein Fest. Hinter dem Haus stand ein Gasgrill, wir legten die schlabbrigen Streifen drauf und streuten Salz drüber. Die Sonne verschwand hinter dem Dach, die Filets wurden dunkler, wie Heu wieder und alter Käse. Brat rauchte und kippte begeistert ein Bier. Er nahm den Scotch, legte den Kopf schief und guckte fragend. Dann machte er eins von seinen Gesichtern.

Wie heißt sie? Er keuchte, die Narbe auf seiner Brust vibrierte.
Christiane.
Er guckte auf das Etikett, als wäre da ein Bild von ihr.
Bella!
Ich nahm ihm die Flasche aus der Hand. Er grinste. Wir wendeten das Fleisch mehrmals, es wurde dunkler, brannte an, irgendwann bissen wir hinein, innen war es roh.

Am Abend gingen wir aufs Feld zum Destruction Derby. Amateurhaft gepanzerte Autos rammten sich gegenseitig, so oft es ging. Wer stehen blieb, war draußen. Der Chef vom Country Fresh hatte auch eines gesponsert, es hielt sich ganz gut, bis ihm der Redneck mit dem Landrover in die Seite krachte. Am Tresen, umringt von sommersprossigen Frauen, prahlte er mit der geschwungenen Hutkrempe und seiner Unverwüstlichkeit. Brat lachte, keuchte und trank.

Komm mit, sagte ich, keine Ahnung, aber dort ist es besser, Outback, das hat was. Ein guter Ort für einen Single Malt.

Naa, sagte er, streckte die Zunge raus und trank.

Er war alt, er war Neuseeländer, ich konnte ihn gut verstehen. Am Morgen keine Spur von ihm. Jim brachte das Auto, vollgetankt, ich gab ihm die zweitausendsechshundertfünfundzwanzig Dollar. Er wollte sich in einem Wohnmobil zur Ruhe setzen. Ich brach auf.

II

Im Café saß eine junge Frau. Ich gebe zu, das ist ziemlich unwahrscheinlich in einem Ort wie Tenterfield. Sie hatte ihre braunen Locken, fast identisch. Ich drehte das Radio auf. Schon die kurze Fahrt hatte mich in Schwung gebracht. Ich sah hinüber und sang: Komm mit mir ins Abenteuerland, I'm a poor lonesome cowboy, I'm an asshole, I've got the look. Es ging schnell. Eva oder Marie – vielleicht war es Gewohnheit, insgeheim nannte ich sie immer Christiane – war Tierpflegerin aus Berlin, hatte in Stanthorpe Baumwolle geerntet, ein Knochenjob. Aber sie habe kein Geld, nie, sagte sie. Das gehörte wohl dazu. Daheim trete sie auf, mache Schweinereien mit Kunstblut. Ich setzte sie auf den Beifahrersitz, erzählte ihr von Brat, sie kurbelte das Fenster runter. Rundherum war schon Savanne. Christiane hatte Diabetes schubweise, ich hielt ihr ein Stück Schokolade hin: Bevor es schmilzt. Sie nahm es. Wir mochten uns sehr.

Manchmal im Fahrtwind sah Christiane aus wie ein Reptil, ein Leguan oder eine Schildkröte, sie guckte weise und staunte, für Sekunden unbeweglich. Ich umarmte sie dann, manchmal kniff ich sie auch in die Hüfte oder in den Bauch, da war sie ganz weich. Sie verstand, wenn ich sagte, dies sei eine archaische Welt, dass wir ins Outback mussten, unbedingt. Sie wolle nur vorher auch mal in Motels mit Pool absteigen, an der Bar Bier und Steaks bestellen. Aber das konnte sie nicht verlangen. Ich hatte ja auch nichts mehr und der Tank würde bald leer sein, dann musste uns was einfallen. Ich sagte, im Eski seien zwei Pakete Schafslenden, die schon tauten.

Der Schmalbrüstige las glatt aus seinem Lonely Planet vor: Australiens ursprüngliche Bewohner, die Aborigines, sind eine der ältesten noch bestehenden Kulturen dieser Welt, deren Ursprung bis in die letzte Eiszeit zurückreicht. Er klopfte seinem verpickelten Nebensitzer auf die Brust. Sie hatten beide das gleiche bedruckte Shirt: Ein dunkelhäutiges Männlein mit Brille und Speer, darunter stand: Abi-rigine. Ich hoffte, Christiane würde einschreiten, irgendwas sagen, um das zu beenden. Das war doch keine Art, sich an die Straße zu stellen, bei Fremden einzusteigen und und – ich bremste scharf, fuhr rechts ran, das schnitt ihm die Luft ab. Christiane und ich stiegen aus, wir streckten uns, sie war blass.
   sag ich: che c'è?
   sagt sie: erst mal nen Kaffee, wa
   sag ich: dschäzzz
   sagt sie: che c'è?
   sag ich: erst mal nen Kaffee, wa

Nach einer Weile konnten wir weiterfahren. Die beiden verhielten sich ruhig. Christiane sprach vor sich hin. Rote Erde, Bäume mit fleckiger Rinde, Sträucher – in Afrika sehe es doch genauso aus. Irgendwas war los mit ihr. Highways, Trucks, Farmer mit Cowboyhüten – in Amerika sehe es auch so aus, antwortete ich, aber das half nichts. Ich ahnte, worauf sie hinauswollte. Hier gibt es von allem etwas, rief einer der Abirigines von hinten, das ist einmalig. Ich hörte nicht hin, sah nur zu Christiane. Vielleicht hatte sie niedrige Werte. Ich bot ihr ein Stück Schokolade an, den Rest Cola, sie sah aus dem Fenster. Gibt es überhaupt noch Ureinwohner, rief einer. Ich konnte sie kaum auseinander halten. Ich hatte große Lust, einem die Zigarette ins Auge zu schnipsen, aber sie trugen Brillen, wir mussten tanken, und jemand musste bezahlen.

Neben der Tankstelle in Broken Hill war ein Motel mit Pool. In einer Ecke saßen echte Aborigines. Sie trugen Baseballjacken und starrten auf halb volle Gläser, ich bestellte drei Lager, sie schauten begeistert auf, als würde ich die allein trinken, 'ne Sauferei beginnen. Christiane war draußen, trank Cola, was weiß ich. Vielleicht ging sie auch nur spazieren. Oder lag noch am Pool. Wenn sie wütend war, dann sagte sie, ich sei selbstsüchtig. Wenn ich froh sei, tränke ich Whiskey und täte, als bräuchte ich niemanden, wenn ich traurig sei, tränke ich Whiskey und täte, als hätte ich niemanden. Du stinkst, sagte sie dann und dachte sich ihren Teil. Es war zum Aus-der-Haut-fahren, weil ich wusste, was sie meinte.

Sie würde bald wiederkommen und vielleicht würde es sie freuen, ein Bier für mich, eins für sie und eins für uns nebeneinander auf dem Tresen zu sehen. *Three beers* wollten auch die Abiturienten und sprachen das *eers* wie Idioten, sie kriegten es einfach nicht rund. Der Schmalbrüstige zeigte auf den Tisch in der Ecke. Trinken die!? Das sind die ersten Menschen, sagte ich, die können machen, was sie wollen. Wir tranken zügig aus. Ich holte den Scotch aus dem Auto und ging Christiane entgegen. Sie war himmlisch, wenn sie spazierte, die Füße seitlich vor sich herschob, den Kopf in den Nacken gelegt, über Gott und die Welt sprach und staunte, was ihr der Wind alles ins Ohr flüsterte. Manchmal fand ich das süß, manchmal machte es mich wütend, dass sie nie auf die Idee kam, dass ich das war. Sie solle was vom Scotch nehmen, bat ich sie – viel war nicht mehr übrig. Sie setzte sich, hielt die Füße in den Pool, malte Kreise mit den Zehen, ich ging zurück in die Bar, auf die Aborigines zu, begrüßte sie und fragte, von welchen Ahnentieren sie abstammten und ob sie mir helfen könnten, Songlines im Outback zu finden. Sie schienen taub. Der Schmalbrüstige brachte drei Bier, stellte sie auf den Tisch, rief Prost und sagte: *Same same but different.* Der würde noch was erleben.

Wir waren ganz schön abgekommen, fast ein bisschen auf dem Rückweg. Rundherum waren Hügel und das dichte Gestrüpp des Nationalparks. Flach über uns hingen grüne und violette Batiktücher. Christiane drehte einen Joint nach dem anderen und redete. Sie war unglaublich. Sie redete mit den Leuten, als würden die sie verstehen. Sie liebe das Autofahren, wenn der Schweiß den Rücken runterlaufe. Sie liebe den Benzingeruch an Tankstellen, beide Fenster geöffnet, Wind unterm Rock. Der Schmalbrüstige guckte geil und dumm wie eine Taube. Sie liebe das Hüpfen der Kängurus, das so mühelos aussehe, schlammige Flüsse, Wolken, die Farben von LSD, trockenen Wein. Nie wieder Schokolade. Plötzlich bot sie an, mit ihr nach Norden zu kommen, zu einer Familie mit Haus am Fluss unter hohen Bäumen. Wir alle müssten mal wieder ins Wasser.

Ich gab das Zeichen zum Aufbruch, die Abirigines murrten, mir blieb die Luft weg, das Zittern begann, kaum auf der Straße, drückte ich das Pedal durch, setzte die Blinker, links, rechts, links, rechts, schaltete den Scheibenwischer an, der quietschte auf den verklebten Scheiben, im Rückspiegel die Straße schnurgerade. Es gab Buschland, *blue sky*, Rauschen im Radio, fünf Gänge, Möglichkeiten zum Verstellen des Sitzes und geschmolzene Schokolade im Fach unter der Handbremse. Ein weiter Weg, verdammt, aber wir würden uns nicht abbringen lassen, es gab kein Zurück. Irgendwo dort, im Innern, lag die Wüste und da würden wir frei sein, uns den Schädel rasieren, kiffen wie blöd, Fliegen im Mundwinkel, im Zelt uns in Schweiß baden, Kondome in die Wüste schleudern. Christiane und ich, wir würden verwildern, zurück und draußen, *outback*. Jemand schob mir was in den Mund, zum Teufel, wer war hier der Zuckerkranke, es war unmöglich, ich hatte mich angesteckt. Nein, sagte ich. Sie sah aus dem Fenster.

An der Straße stand ein modernes Klohäuschen, wir waren da. Es war wie Hyperraum und wir die Fliegen in einer fetten Welt aus Einbildung. Das Klo schien noch nie benutzt worden zu sein. Drinnen schlangen wir die Arme fest umeinander, legten uns die Köpfe auf die Schultern, schlossen die Augen, rieben die Körper aneinander, die Hände zwischen den Beinen, vor und zurück. Es war so weit, das war der Moment. Mit Edding auf Klohäuschen schmieren oder Namen in den Sand – das war was für Muttersöhnchen. Christiane stand auf dem Dach, schwang das Teil wie ein Lasso, es wurde länger, unsichtbar wie ein Propeller. Sie ließ los, es flog in die Wüste. Die Sonne wird es kochen, klar, dass da kein Sprößling rausschießt. Aber in dem Latexschlauch würde unsere Spur noch eine Ewigkeit überdauern.

III

Ich hatte es kommen sehen. Keine Straße, auf der wir fuhren, es war Staub, es war Staub, ich musste die Richtung halten. Andächtig wie verordnet schwiegen wir und ich setzte sie auf den Beifahrersitz, trotz allem, in die Staubwolke, ihre Locken, fast identisch, flatterten im Fahrtwind. Es gelang nicht, die Richtung stimmte, vielleicht war es das Beste so. Ich hielt den Kopf aus dem Fenster, rundherum Staub, kratzte angenehm im Hals, machte durstig. Ihr Platz war leer, vielleicht musste es sein. Wo wolltest du hin, so kurz vor dem Ziel? Die Richtung stimmte. Guck mich an, wenn ich mit dir rede, Christiane! Weg war sie, auf ihrem Sitz lag die alte Kamelle, die der Fahrtwind durchblätterte, keine Ahnung, wie sie dort hinkam, von hinten schrie jemand, sie war kein Ersatz, ich nahm das Ding, las und las laut: Aber er war böse vor dem Herrn und darum ließ ihn der Herr sterben. Und keine Straße unter uns, Staub, Staub; geradeaus, Schlangenlinien, einerlei. Was ist los?, fragte der Schmalbrüstige und kriegte die Zähne nicht auseinander. Wie bitte?, sagte ich, um ihn zu ärgern.

Ich hatte es kommen sehen. Sie läge da, ihre Locken im roten Sand, ein plötzlicher Schub, die Schokolade zerlaufen, der ganze Scotch umsonst. Ich hätte es nie vergessen. Doch da war die Straße und das Viereck am Horizont, so klein, dass sie nicht reinpasste, und sie war da drin, saß auf dem Beifahrersitz neben einem Fettwanst, fragte nach der Ladung und ihrem Ziel, erzählte von Benzingeruch an Tankstellen, schlammigen Flüssen, Wind unterm Rock. Ich sah sie nicht, nie wieder, nur den Strich und ein unscharfes Viereck.

Die Abirigines hatten nur geguckt, Gesichter, als hätte ihnen Papa den Schnuller aus dem Maul gerissen. Die falschen Traumtänzer, für die war das Leben so, als schauten sie voll in die Sonne: Es wurde schwarz vor Augen, warm im Gesicht und das machte sie glücklich. Sie konnten gern aussteigen. Das Benzin war bald leer, es war nicht mehr weit.

Im Tauwasser schwimmen die Lenden, stinken. Ich habe Gestrüpp gesammelt und ein Feuer gemacht. Ich werde die Lenden verbrauchen. Die Abirigines sind vorhin ausgestiegen. Sie mussten pissen und wenn sie keiner gerettet hat, stehen sie dort noch immer. Die würden mir was erzählen, dabei sollten sie dankbar sein, dass sie das überhaupt können.

Ich habe Durst. Der Scotch ist leer. Brat würde jetzt eine Zigarette drehen, die Abirigines aus dem *Lonely Planet* vorlesen, Christiane Schokolade lutschen, vielleicht, ich kenne sie kaum.

Es hätte nicht so weit kommen müssen. Du sitzt zwischen Himmel und Fleisch und wartest, sage ich mir, denn von heute an in sieben Tagen will ich es regnen lassen auf Erden, vierzig Tage und vierzig Nächte, vielleicht einundvierzig, vielleicht neununddreißig, wer weiß.

Kaum liegt die Lende im Sand, entsteht ein Weg, blassgelbe Termiten krabbeln, eine vor der anderen, umkreisen das Stück, beißen hinein, tragen es ab. Über Nacht, so lange die Fliegen ruhen, werden sie alles zerlegen, ihre Königin füttern, an ihrem Kleckerturm bauen, Wohnraum schaffen. Ich trinke Tauwasser. Rette sich, wer kann.

Jennifer de Negri
Zwischen den Blättern der Platanen

Kein Blatt bewegte sich an den Bäumen. Der Schulhof lag im durchbrochenen Schatten der Platanen, aber man konnte die Hitze auf den Pflastersteinen glänzen sehen. Durch diese dumpfe Frühsommerschwüle krochen die Geräusche der Straße nur schwerfällig an die Schule heran: Das entfernte Schreien der Arbeiter am brüchig gewordenen Kirchturm; das Hupen eines Viehwagens, der voll beladen war mit kränklich kreischenden Hühnern, deren ängstlicher Kot zwischen den Käfigen hervorquoll; ein lustloses Fahrradklingeln, irgendwo hinter den Bäumen. Die Luft lag dicht über den Häusern, so dicht, dass sich die meisten Menschen ins Innere geflüchtet hatten, in die frischen, modrigen Keller, wo die guten Rhône-Weine lagerten.

Madame Perignan stand am Fenster und befühlte mit den Fingern die angenehme Kühle der Mauern. Die letzte Schulstunde war anstrengend gewesen, die Schüler unruhig, ein aufgeregtes Summen war die ganze Stunde hindurch zwischen den Kindern hin- und hergelaufen, spürbar die Hitze, die nahenden Ferien, der Druck der letzten Klassenarbeiten, auch etwas Anderes, Neues, Fremdes.

Laut atmete die Lehrerin aus und schüttelte den Kopf, als wollte sie dieses seltsame Gefühl abschütteln, das in den letzten fünfundvierzig Minuten von ihr Besitz ergriffen hatte. Sie lehnte sich fester gegen den dunkelgrauen Stein, lauschte teilnahmslos auf die Geräuschfetzen von draußen und genoss für einen Augenblick die Stille im Raum um sich herum.

Da strömten die Kinder in den Hof, übergossen die Pflastersteine mit ihrem Geschrei, Vesperbrote wurden hastig aufgerissen und aufgegessen, damit nach dem Hunger noch genug Zeit zum Spielen übrig blieb.

Wie jede Pause beobachtete Madame Perignan ihre Schüler, zählte sie in Gedanken durch und achtete wie automatisch auf das Geschehen.

Die Jungen sammelten sich in der rechten Hälfte des Schulhofs, während die Mädchen weiter abseits blieben, ihnen gegenüber, dort wo der Schatten der Bäume dichter war.

Nur Claire stand als einziges Mädchen bei den Jungen, sie gehörte zu ihnen, spielte mit ihnen und führte gemeinsam mit Etienne die Gruppe an. Ihre Knie waren aufgeschlagen und mit mehreren Pflastern überklebt, ihr Rock saß immer leicht schief, sodass es Madame Perignan in den Fingern juckte, ihn wieder zurechtzuzupfen. Aber das hatte sie längst aufgegeben. Claire war anders als die anderen Mädchen, sie dachte nicht an ihr Haar und machte sich nichts aus den neuesten Pferdebildern, sie wollte rennen und raufen und zeigen, wie stark sie war, und dabei war sie so fröhlich und liebenswert, dass Madame Perignan sich bemühen musste, das Lächeln hinter ihrer Strenge zu verbergen.

Gerade steckten Claire und Etienne die Köpfe zusammen und machten dabei ernste Gesichter. Etienne wollte Claire etwas in die Hand drücken, sie lachte auf, gab ihm einen Klaps und wollte sich umdrehen, er aber hängte sich fest an den Ärmel ihrer Bluse und redete wichtig auf sie ein, bis sie das Briefchen nahm, das er ihr verstohlen zuschob.

Madame Perignan unterdrückte ein Lächeln. Diese Kinder, dachte sie, wie viel Ernst bereits hinter ihren Handlungen lauert, die doch noch voller Unschuld sind.

Es bereitete ihr Freude, die Schüler heranwachsen zu sehen, zu beobachten, wie sie sich entwickelten, wie sie mit jedem neuen Tag, mit jeder darin enthaltenen Erfahrung wissender wurden und reiften. Das Pausenspiel der Kinder zu beobachten, war ihr nicht nur Verpflichtung, sondern bereitete ihr ebenso großes Vergnügen, sie nahm als heimliche Beobachterin gewissermaßen Anteil an den kindlichen Handlungen ihrer Schüler.

Claire rannte jetzt quer über den Schulhof hin zu den Mädchen, die mit dem Sammeln und Tauschen von kleinen Bildchen beschäftigt waren. Sie schnappte sich Marie-Luise, Madame Perignans Lieblingsschülerin, und zog sie beiseite. Das andere Mädchen bekam einen hochroten Kopf, als Claire ihre Hand nahm, und ihre Augen trauten sich nicht an Claires braungebranntem Gesicht vorbei. Überhaupt erschien Marie-Luise in diesem kurzen Moment schrecklich wackelig, sodass Madame Perignan sich Sorgen machte, ob die Hitze für die zarte Schülerin nicht zu viel war.

Aber Claire hielt Marie-Luise. Claire hielt Marie-Luises Hand fest, wohl ein wenig zu fest, denn das kleine Mädchen gab einen leisen Schrei von sich. Interessiert schauten die anderen Schüler herüber und Claire beeilte sich, Marie-Luise Etiennes Briefchen zuzustecken, dann rannte sie wieder zu den Jungen zurück.

Madame Perignan musste unwillkürlich lachen, konnte sie Claire doch die Erleichterung darüber ansehen, nun wieder im sicheren Hafen der Jungen zu sein. Wie unwohl sich Claire im Beisein der Mädchen fühlt, dachte sie. Wie sehr sie sich beeilt hat, von Marie-Luise wegzukommen!

Diese stand noch immer wie festgewachsen, zitterte ein wenig, vielleicht wurde ihr die Hitze jetzt doch zu viel, schob das Briefchen ungelesen in ihre Rocktasche und fing plötzlich an zu kichern, zu lachen, immer lauter und lauter, bis die anderen Mädchen auf sie zustürzten, mit den Fingern auf die Jungen zeigten und mit in das Lachen einfielen, in ein hohes, kreischendes Lachen.

Das Thermometer zeigte jetzt 30 Grad an.

Madame Perignan wusste, was als Nächstes geschehen würde. Es war ein Ritual, das die Kinder von Zeit zu Zeit begingen.

Mit lautem Gebrüll rotteten sich die Jungen zu einer Horde zusammen und stürzten auf die immer noch kichernden Mädchen zu, wobei Etienne und Claire sich an die Spitze setzten. Von dem plötzlichen Angriff aufgeschreckt, rannten die Mädchen auseinander, stolperten, kreischten und verteilten sich schließlich einzeln über den Pausenhof.

Stille trat ein.

Madame Perignan bezeichnete diesen ersten Abschnitt des Rituals als Brautschau, denn ohne dass sie erkennen konnte, welche geheimen Verabredungen unter den Jungen stattfanden, richtete sich deren geballte Aufmerksamkeit wie auf ein Kommando auf ein Mädchen, das dann gnadenlos über den Hof gejagt wurde.

Dieses Mal schien Marie-Luise die Auserwählte zu sein.

Tapfer starrte sie der auf sie zukommenden Meute entgegen und schlug dann im letzen Moment einen Haken, entkam lachend in eine andere Ecke.

Es war ein Spiel, ein von Keuchen und Kichern untermaltes Kinderspiel, gleichzeitig Spaß und Ernst.

Besonders Etienne versuchte die viel kleinere Marie-Luise zu packen, die ihm aber immer wieder entwischen konnte. Claire hatte sich deshalb von der Gruppe abgesetzt und schlich aus dem

Hinterhalt an die Gejagte heran. Da wich Marie-Luise in letzter Sekunde dem wütend schimpfenden Etienne aus, wendete sich plötzlich um und prallte so mit voller Geschwindigkeit auf die sich von hinten nähernde Claire. Die beiden Mädchen überschlugen sich, rissen sich gegenseitig zu Boden, landeten schreiend aufeinander und waren plötzlich still.

Alarmiert wollte Madame Perignan auf den Hof hinausrennen, aber die zwei standen schon wieder, hielten lachend einander fest. Keine schien sich verletzt zu haben. Auch die anderen Schüler waren jetzt zum Stehen gekommen und umrundeten die beiden Mädchen. Allein Etienne, der verbissen auf Marie-Luise stierte, hielt sich abseits, wie Madame Perignan leicht beunruhigt registrierte.

Die Hitze schien auf die Kinder eine eigenartige Wirkung auszuüben, verstärkte deren Wildheit, trieb ihnen das Blut in die kleinen Köpfe.

Als ihre Schüler sich zum nächsten Abschnitt des Rituals sammelten, überlegte die Lehrerin, ob sie das Spiel nicht unterbrechen, ob sie nicht doch Hitzefrei anordnen und alle nach Hause, in die frische Kühle der Keller schicken sollte.

Aber das rhythmische Stampfen eines Tanzes und die hohen Singstimmen der Mädchen rissen sie aus diesen Überlegungen. Lächelnd wandte sie sich wieder ihren Schülerinnen zu, die sich, einen großen Kreis bildend, in der Mitte des Pausenhofs eingefunden hatten. Claire und alle Jungen hatten sich in ihren Teil des Hofs zurückgezogen.

Das Ritual nahm seinen Lauf.

Die Mädchen tanzten nun einen Reigen, wobei das eine auserkorene Mädchen innerhalb des Kreises stehen musste. Dazu sangen sie ein bestimmtes Lied, dessen immer gleichbleibende, sich wiederholende Strophe lautete: *An einem Samstagabend habe ich meiner Mutter von dem Jungen erzählt, den ich liebe.*

Laut schallte das Lied gegen die Mauern des Schulgebäudes, prallte daran ab, wurde von ihnen zurückgeworfen und bündelte sich in einem schrillen Echo, das auf den Pflastersteinen vibrierte.

Madame Perignan betrachtete Marie-Luise, die in der Mitte des Kreises auf- und abhopste. Ihr Rock flog mit jedem Sprung ein wenig nach oben und entblößte so ihre feingliedrigen Knie. Schweißtropfen glänzten auf der Stirn der kleinen Schülerin, deren Blick konzentriert nach Innen gerichtet war. Das Stampfen des Tanzes intensivierte sich, wurde schneller und schneller.

Auf dem Höhepunkt des Reigens angelangt, würden die Mädchen noch einmal die Strophe *An einem Samstagabend habe ich meiner Mutter von dem Jungen erzählt, den ich liebe* wiederholen und dann wäre es an Marie-Luise zu rufen: *Und dessen Name ist* – und dann würde sie den Namen des Jungen nennen. Den Namen des Jungen, in den sie verliebt war. Mit der Nennung des Namens wurde das Ritual beendet, meistens löste sich das Spiel dann in Johlen und Lachen auf.

Mitfühlend hing der Blick der Lehrerin auf Marie-Luise, der sie die Aufregung so klar im Gesicht ablesen konnte. Ihre Augen waren zusammengekniffen, die Lippen verkrampft, hellrote Punkte bildeten sich auf Hals und Wangen und ihr ganzer Körper schien vor Erregung zu zittern.

Der Rhythmus des Liedes steigerte sich immer mehr und Madame Perignan wunderte sich, was die kleinen Mädchen dazu befähigte, in dieser großen Hitze ein solches Tempo zu halten. Besorgt wanderte ihr Blick weiter, über die Köpfe der Schülerinnen hinweg, streifte jedes einzelne Kind, suchte nach den kleinsten Schwächeanzeichen und blieb plötzlich an Claire hängen.

Die stand wie immer bei den Jungen, wie immer saß ihr Rock schief, wie immer hingen ihr mehrere losgelöste Haarsträhnen ins Gesicht. Aber etwas an ihrer Haltung wirkte alarmierend. Ihre Hände hatte Claire tief in die Taschen gestopft und Madame Perignan konnte selbst auf die weite Entfernung erkennen, dass sie zu Fäusten geballt waren. Etienne stand neben ihr. Auch er schien völlig in sich zusammengekrampft. Beide beobachteten angestrengt den Tanz der Mädchen. Beider Köpfe wippten im Takt des Liedes, doch dieses Wippen war nicht leicht und fröhlich, sondern erinnerte vielmehr an das Hacken der Schnäbel von Geiern auf Aas.

Madame Perignan schüttelte sich. Die Hitze war wirklich zu viel. Sie löste eine Hand von der kühlen Mauer und befühlte ihre glühende Stirn. Als hätte man Fieber, dachte sie und wunderte sich über ihre seltsamen Gedanken. Sie warf einen weiteren prüfenden Blick auf Claire und Etienne, aber diesmal stiegen keine Assoziationen an aasfressende Vögel in ihr auf und erleichtert wandte sie sich vom Fenster ab, um sich ein Glas Wasser zu holen.

Auf und ab. Auf und ab. Wie von unsichtbaren Fäden gezogen, sprangen alle Mädchen gleichzeitig in die Luft. *Auf und ab. Auf und ab.* Marie-Luises Herzschlag verschmolz mit dem Stampfen und Klackern der Sandalen auf dem Boden. *Auf und ab. Auf und ab.* Schweiß rann ihren Nacken hinunter und mit jedem Hüpfer spürte sie den kühlenden Luftzug auf ihren verklebten Locken. *Auf und ab. Auf und ab.* Sie war im Kreis, sie war der Mittelpunkt. Aller Augen waren nun auf sie gerichtet, sie fühlte die Blicke der Jungen sie suchen, aber der Kreis der Mädchen war eng um sie gezogen, nichts und niemand konnte daran vorbei. *Auf und ab. Auf und ab.* Jedes Mädchen musste einmal in diesem Kreis stehen. Jedes. Aber Marie-Luise hatte Angst. Ihre Kehle war trocken und ihre Stimme klang in ihren Ohren mehr wie ein Krächzen: *An einem Samstagabend habe ich meiner Mutter von dem Jungen erzählt, den ich liebe.* Wie oft musste sie diese Strophe noch wiederholen, bis die anderen Mädchen verstummen und alle nur noch auf ihre krächzende Stimme warten würden? *Auf und ab. Auf und ab.* Jetzt ging es immer schneller. Und immer lauter. Mit jedem Sprung flog Marie-Luise höher in die Luft. Ihr Herz hämmerte. Auf einmal begannen ihre Knie zu brennen, die Hitze wollte sie zu Boden drücken und sie rang nach Atem. *Nicht locker lassen!* Sie durfte jetzt nicht aufhören, sie war im Kreis, sie war der Mittelpunkt. *Auf und ab! Auf und ab!* Marie-Luise schloss die Augen. *Einatmen. Ausatmen.* Ihr Blut beruhigte sich. Jetzt gleich. Jetzt gleich war es soweit, das konnte sie spüren. Sie wusste, was sie sagen würde. Welchen Namen sie nennen würde. Das hatte sie schon immer gewusst. Noch schneller, noch höher hüpfen. *An einem Samstagabend habe ich meiner Mutter von dem Jungen erzählt, den ich liebe. An einem Samstagabend habe ich meiner Mutter von dem Jungen erzählt, den ich liebe.* Jetzt. *Und dessen Name ist* – jetzt! Jetzt musste sie es sagen. *Und dessen Namen ist* – Alle anderen waren still. Alle hörten ihr zu. Marie-Luise holte tief Atem. »*Und dessen Name ist Claire!*«

Madame Perignan leerte ihr Glas in einem Zug. Daraufhin ließ sie das kalte Wasser aus dem Hahn genüsslich über ihre Hände laufen. Im Winter machte sie es genauso, nur umgekehrt, mit heißem Wasser, dann, wenn sie glaubte, vor Kälte nichts mehr spüren zu können. Kritisch betrachtete sie ihre Hände, die von der Hitze draußen unangenehm gerötet waren. Die Adern auf ihrer Handoberfläche wölbten sich schwer hervor und pochten. Wie lebendige Regenwürmer unter meiner Haut, dachte sie angewidert. Sie war unmerklich älter geworden in der ganzen Zeit. Die wievielte Klasse unterrichtete sie denn nun? Waren es fünf oder zehn oder fünfzehn gewesen? Aber sie liebte jede Klasse wieder aufs Neue. Diese Kinder! Deren Hände waren noch ganz zart, wenn sie auch manchmal über und über mit Schmutz bedeckt waren. Lächelnd dachte Madame Perignan an die Mühen der Schüler mit den ersten Schreibversuchen, daran, wie verkrampft die kleinen Kinderfinger sich um den Stift schlossen und wie sie dann mit einiger Übung das Schreibwerkzeug immer weicher und selbstverständlicher über das Papier führten. Ihre Hände dagegen kannten keine solchen Erlebnisse mehr, sie hielt den Stift immer unverändert. Sie war alt geworden, alt und müde. Und sie hatte Durst. Früher hatte ihr auch die Hitze noch nichts ausgemacht. Seufzend füllte sie ein zweites Glas mit Wasser. Da vernahm sie plötzlich Gebrüll aus dem Pausenhof. Aber so klangen nicht die hohen, kindlichen Stimmen ihrer Schüler. Etwas Schlimmes musste passiert sein, etwas Furchtbares, vielleicht war jemand Fremdes auf das Schulgelände eingedrungen, denn Madame Perignan konnte deutlich Panik und Wut aus dem Geschrei heraushören. Das Glas zersprang in Hunderte Scherben, als es auf den alten Steinfließen aufkam, doch dem schenkte Madame Perignan keine Beachtung mehr. Sie stürzte aus dem Zimmer, auf das Schlimmste gefasst, bereit dazu, ihre Schützlinge vor allem und jedem zu verteidigen.

Bunte Flecken tanzten vor ihren Augen, als sie auf den Hof hinauskam, geblendet musste sie die Augen schließen, schrecklich dröhnten die Schreie der Schüler in ihren Ohren. Dann war sie bei ihnen, bekam ein Kind zu packen, das war Marie-Luise, deren Gesicht angstverzerrt war, Tränen stürzten ihre Wangen hinab.

Mit einem Blick hatte Madame Perignan die Situation erfasst, auch wenn sie nicht begreifen konnte, was genau geschehen war. Niemand Fremdes war auf dem Schulhof, das Gebrüll war keinem Einfluss von Außen geschuldet, sondern rührte von einer Prügelei zwischen den Kindern her. Oder vielmehr vom Kampf aller gegen eine. Alle Jungen hatten sich auf Claire gestürzt, auf Claire, die doch zu ihnen gehörte.

Schockiert von der noch nie dagewesenen Brutalität, mit der die Jungen auf das Mädchen eindrangen, starrte Madame Perignan einige Sekunden lang reglos auf das Geschehen. Erst Marie-Luise, die sich jammernd an ihre Hand hängte, befreite sie aus ihrer Starre.

»Sofort auseinander«!, rief die Lehrerin und erschrak vor der Wucht ihrer eigenen Stimme. Doch nichts geschah. Wie Hunde, die ihr Opfer nicht mehr aus der Maulsperre lassen konnten, ließen die Jungen nicht von Claire ab und so bahnte sich Madame Perignan wütend ihren Weg durch das Knäuel aus Kinderleibern. Sie riss die bereits blutende Claire aus der Umklammerung und musste Etienne dabei regelrecht beiseite stoßen, der nicht aufhörte, nach dem Mädchen zu treten. Kaum hatte sie Claire aber aus der Mitte der Jungen befreit, erlosch der Kampfgeist der Kinder. Gegen die Sonne blinzelnd stierten sie betroffen auf ihr Opfer, blutiger Schweiß glänzte auf den schmutzbedeckten Gesichtern.

Madame Perignan hielt Claire fest in den Armen. Das Mädchen zitterte und ihr kleines Herz schlug schnell gegen die Brust der Lehrerin, aber sie weinte nicht.

»Was ist denn in euch gefahren?«, keuchte Madame Perignan empört.

An einem Samstagabend habe ich meiner Mutter von dem Jungen erzählt, den ich liebe und dessen Name ist Claire! Claire. Claire. Claire. Wie ein Echo hörte Claire immer wieder ihren eigenen Namen in ihren Ohren klingeln. Claire. Claire. Claire. *Was war das? Konnte das wirklich Wirklichkeit sein?* Glück sprengte ihr Herz in zwei Teile und sie spürte den ersten Schlag gegen ihren Kopf kaum. Mit einem Aufschrei hatte sich Etienne auf sie geworfen. Claire merkte nicht einmal, wie sie fiel, sie sah nur plötzlich Himmel über sich und dieser Himmel war so blau. Etienne holte zwei-, dreimal aus, er schlug ihr die Faust ins Gesicht, in die Rippen, zwischen die Brauen, aber Claire wehrte sich nicht. Sie hielt die Augen weit geöffnet, starrte ins Blau, und als wäre dieses Blau aus Meereswellen, hörte sie darin immer wieder ihren eigenen Namen rauschen. Ihr war alles egal. Sie, die sonst immer zurückgeschlagen hatte, die sich nichts gefallen ließ, lag kampflos am Boden und kümmerte sich nicht darum, dass immer mehr Kinder sich auf sie stürzten und über sie triumphierten. *Sollten sie doch!* Claire dachte an Marie-Luises kleine Hand in ihrer, an das scheue Lächeln, das diese ihr gezeigt hatte, jedes Mal, wenn sich ihre Blicke trafen; sie dachte an Marie-Luises Haare, die immer so hübsch glänzten; sie dachte an Marie-Luise, wie diese gekonnt vor allen Jungen davongelaufen, dann aber mit ihr zusammengestoßen war; sie dachte an Marie-Luise, die lachend mit ihr am Boden gelegen hatte, und mehr wollte Claire in diesem Augenblick nicht denken. Ihr Herz schlug furchtbar schnell, doch sie wusste nicht warum. Claire. Claire. Claire. Als wären ihre Ohren mit Watte verstopft, hörte Claire Marie-Luises gedämpfte Rufe nach ihr. *Himmel, wie blau dieses Blau ist*! In ihrer Verzückung nahm Claire nur undeutlich wahr, wie sie unter den wild auf sie einschlagenden Jungen hervorgezerrt wurde, wie jemand Großes sie in die Arme nahm und beruhigend auf sie einflüsterte. Claires Augenlider wurden plötzlich schwer. Müde schloss sie die Augen, fühlte aber noch, wie ein Lächeln ihr blutendes Gesicht zerteilte.

Stunden später verließ Madame Perignan das Schulgebäude und kam auf den Hof hinaus. Die Sonne war bereits über ihren höchsten Punkt hinausgewandert, dafür lag die Hitze nun umso schwerer zwischen den alten Mauern. Mit großen Schritten näherte sich die Lehrerin der Stelle, an der Claires Kampf während der Pause stattgefunden hatte, und musste jedes Mal blinzeln, wenn sie aus dem Schatten der Platanen heraus wieder in die Sonne trat. Sorgsam untersuchte sie die Pflastersteine nach irgendwelchen Spuren der Rauferei, aber außer einigen Käfern, die sich in den Ritzen vor der Mittagshitze in Sicherheit gebracht hatten, konnte sie nichts entdecken. Friedlich lagen die Pflastersteine, so, wie sie seit Generationen friedlich dagelegen hatten.
Die Lehrerin schauderte immer noch, wenn sie an die Brutalität dachte, mit der die Jungen über Claire hergefallen waren.
Nachdem sie das Mädchen ihren Eltern übergeben hatte, die sie natürlich sofort nach dem Zwischenfall verständigen musste, hatte Madame Perignan jeden einzelnen Jungen ins Kreuzverhör genommen, ohne jedoch etwas aus ihnen herauszubekommen. Sie war sich sicher, dass Etienne die Gruppe auf Stillschweigen eingeschworen hatte und da sie ihre kleinen Schüler inzwischen als sehr halsstarrig kannte, hatte sie resigniert von ihnen abgelassen und sich Marie-Luise zugewandt.

Das zarte Mädchen jedoch war völlig aufgelöst gewesen, hatte unaufhörlich geschluchzt, schien jeden Moment in sich zusammenzufallen, sodass die Lehrerin sich fürchterliche Sorgen gemacht hatte und auch Marie-Luise ihren Eltern übergeben musste.

Inzwischen waren alle nach Hause gegangen, nur Madame Perignan war noch eine Zeitlang im Klassenzimmer sitzen geblieben und hatte nach einer Antwort auf die Frage gesucht, was ihre unschuldigen Schüler in eine Horde gewaltbereiter Rowdys verwandelt hatte. Schließlich kannte sie die Prügeleien der Kinder, aber niemals zuvor hatten diese mit einer solchen Gewaltbereitschaft stattgefunden. Etwas Fremdes war in dem heutigen Kampf gewesen, etwas Fremdes und Böses. Doch statt einer Antwort hatte sie nur den dumpfen Druck der Mittagsschwüle auf ihren Brustkorb gefunden.

Als Madame Perignan nun also auf den Pflasterboden starrte, kam ihr auf einmal Claires eigentümliches Lächeln in den Sinn. Claire hatte tatsächlich gelächelt. *Warum nur? Wie konnte dieses blutende Mädchen nur lächeln?!*

Ratlos warf die Lehrerin einen Blick nach oben und sah in den blauen Himmel, der durch die Platanen schien. Madame Perignan kniff die Augen zusammen. Der Himmel war heute ganz außergewöhnlich blau. *Dass ein solcher Tag so blau sein kann!*

Aber auch der blaue Himmel gab ihr keine Antwort.

Kopfschüttelnd ließ die Lehrerin von ihren Gedanken ab, verließ den Schulhof und machte sich, ohne sich noch einmal umzudrehen, auf den Nachhauseweg.

Mit der Zeit würde sich alles klären. Da war sie sich sicher.

Frauke Pahlke
Eis brechen

Wochenlang war der Kanal zugefroren, eine dicke Eisschicht bedeckte das Wasser. Der Schnee blieb darauf liegen, erst als feiner Puder, luftig und leicht zu verwehen, dann in schweren Flocken, die sich dicht aneinanderlegten. In der Sonne taute die obere Schicht, die bei Schatten und Nacht wieder fror und eine harsche Kruste hinterließ. Eine weiße Schneise kristalliner Sprödigkeit durchzog, sich manchmal verzweigend, die Stadt, deren Puls sich durch den Winter verlangsamte. Ich mochte dieses langsame Pulsieren, die Geräusche des Halblauten, der Stille. Den Geruch der Kälte und des frisch fallenden Schnees, den Widerstand, den er den Schritten bot und im Gesicht die kleinen Rinnsale von Schmelzwasser einzelner Flocken. Das Weiß, den nächtlichen Himmel erhellend, gemeinsam mit den Lichtern der Reklameschilder und Scheinwerfer. Blendend, frostig schimmernd in den Farben des Tages. Derart bedeckt schienen die Dinge mehr Klarheit zu haben.

Für eine Zeit lag der Schnee auf dem Landwehrkanal unberührt. Die Tiere wagten sich zuerst aufs Eis. Vögel, Hasen und Hunde hinterließen filigrane Spuren im flaumigen Untergrund. Sie zeugten von Leichtigkeit, von einem schnellen Lauf. Abdrücke von Schuhen kamen hinzu und vertilgten nach und nach das zarte Muster. Schwer und knirschend einsinkendes Gewicht preßte die Kristalle zusammen und zerbrach sie. Furchen von Langlaufskiern, breite Fährten von Schalenschlitten und Kufen zerschnitten die ebenmäßige Oberfläche, die nun aufgewühlt war und zugleich plattgedrückt aussah. Unter den Brücken schlug man Löcher ins Eis, damit Schwäne und Enten Nahrung finden konnten. Die abgeschlagenen Blöcke lagen ineinander verkantet und versprengt am Saum der Wasserstellen und bildeten dort ein zerklüftetes Gebirge.

Wenn ich nach Hause ging, hielt ich an der Kottbusser Brücke und lehnte mich über die Brüstung, um die Schwäne zu beobachten. Oft waren sie auch nachts noch wach. Den Hals zwischen ihren

Flügeln an den Körper geschmiegt, hatten sie von oben betrachtet die Form spitz zulaufender Blütenblätter. Sie kamen näher in der Erwartung von Futter und drehten wieder ab, wenn sie keines bekamen. Fühlten sie sich beobachtet, sahen sie misstrauisch zu mir nach oben, dabei legten sie den Kopf mit den seitlich liegenden Augen ein wenig schief, sodass mich nur ein halber Blick traf, oder schwammen fort. Umgeben von Eis kamen sie nicht weit. Im Sommer schwammen sie vereinzelt, trieben mit Abstand zueinander im nahen Urbanhafen. Jetzt schloss die Kälte sie zusammen. Sie gaben kaum einen Laut von sich.

Alle hatten ein weißes Gefieder, nur einer von ihnen war schwarz, sein Schnabel rot mit einem weißen Band und nicht orange wie bei den anderen. Mir fiel eine Meldung ein, die ich vor Langem in der Zeitung gelesen hatte. Sie berichtete von einem Trauerschwan, der sich in ein Tretboot in der Gestalt eines Schwans verliebt hatte. Ich suchte im Netz nach Bildern. Eines zeigte den schwarzen Schwan an der Seite des riesenhaft aufragenden, reglosen Gefährten aus weißem Plastik, ihm eigentümlich zugewandt.

Ich war seit einigen Monaten in der Stadt. Um heimisch zu werden, streunte ich in einen schwarzen Wollmantel gehüllt durch die Straßen und Häuserschluchten, fuhr mit verschiedenen S-Bahn-Linien bis zur Endstation oder stieg irgendwo aus und lief umher, bis ich wieder auf eine bekannte Gegend stieß. Die Gehsteige waren vereist, und obwohl ich achtsam war, rutschte ich oft aus. Meine Beine glitten in alle Richtungen unter mir fort, ich hob meine Arme rudernd in die Luft, damit ich nicht fiel. Einmal stürzte ich, während ich telefonierte. Es war der Abend des Neujahrstages.

Ein schmales Handgelenk, ein schräg sitzender Armreif, besetzt mit kleinen goldenen Plättchen und Steinen aus Aventurin, grün und türkis leuchtend, blasse Haut. In der Hand ein Glas mit grellroter Flüssigkeit, durchscheinend. Kontrastmittel. Eiswürfel, ein Zuckerrand und eine Orangenscheibe. Ein schwarzer Strohhalm führt auf den Grund. Ich lege den Kopf in den Nacken, das Gewicht zieht ihn weiter nach hinten. Ich schaue nach oben, als könnte ich in diesem stickigen Raum meinem Atem nachsehen.

Der Rauch sammelt sich unter der Decke. Jemand drängt mich zur Seite, mein linker Knöchel knickt um. Ein paar verschüttete Tropfen auf der Kleidung, auf dem Boden, klebrig.

Ein Horoskop wie ein kurzes Gedicht: Kopfüber und vollen Herzens in einen gefrorenen See springen.

Dein Gesicht, schmerzhaft verschlossen neben mir. Ich spüre die verstohlenen Seitenblicke. Augenfrost. Nicht starren, höre ich dich sagen, als stünde dir eine Sphinx gegenüber. Über die Brüstung steigen weiße Atemwölkchen. Starr mich nicht an. Satzverfolger. Nur eine Frage der Sprache, sagst du. Nur. Eine Sprache der Frage, ich spreche sie, wenn ich mit dir zusammen bin. Du fragst nichts, du antwortest nichts. Du redest mehr als du schweigst und schweigst bei jedem Wort. Was ist das für eine Sprache, die du sprichst. Eine urteilende Sprache, beschämend und schneidend. Kennst du keinen Zweifel. Kaum vorstellbar, unwahrscheinlich. Wozu sonst das Ausweichen. Nicht viele Worte verlieren, achtsam gehütete Kostbarkeiten. Wenn du eines wirfst, triffst du genau. Verächtliche Brocken, ein Gnadenbrot. Wer soll diese Krumen auflesen und satt werden davon?

Der Mann in der U-Bahn versuchte zuerst, ein belegtes Brötchen zu essen und verstreute es auf Sitzen und Boden. Die Leute rückten von ihm ab. Dann stand er auf, ging rastlos auf und ab. Ich hatte einen Vierersitz für mich allein. Er setzte sich auf die Bank mir gegenüber, wippte vor und zurück. Die Nägel waren schmutzig und so lang, dass sie sich krallenartig bogen. Die Haut seiner Hände war rau, ein tiefe Wunde klaffte am rechten Handballen, ein dunkelroter Schlitz. Ich fragte mich, ob sie von der Kälte aufgesprungen war oder er sich an einem scharfen Gegenstand verletzt hatte. Ohne hinzusehen berührte er immer wieder die Wunde, zog sie auseinander. Dann hockte er sich auf den Boden, den Rücken mir zugewandt, die Beine verschränkt, holte einen Stadtplan aus der Innentasche seiner Jacke und strich ihn auf dem Sitz sorgfältig glatt. Wippte vor und zurück. Strich immer von rechts nach links, zehnmal, zwanzigmal. Er faltete den Plan zusammen, strich die Faltkanten mit Druck nach, von rechts nach links. Faltete den Plan auseinander. Ich war mir sicher, dass er ihn nicht lesen konnte. Ich überlegte, ob ich ihm für seinen Weg Hilfe anbieten sollte und tat es nicht. Immer noch auf dem Boden sitzend drehte er sich um und legte den Plan auf den freien Platz neben mir. Als er den Plan entfaltete und ihn wieder glatt strich, berührte er meine Beine. Er suchte Nähe und fand den richtigen Abstand nicht. Ich stand auf und stellte mich in den Gang. Ich stieg eine Station früher aus und drehte mich um, ob mir jemand folgte. Dann ging ich in Fahrtrichtung geradeaus.

Es war später Nachmittag. Am Tag fehlte es an Licht, die Nächte waren hell. An jeder Wand las ich Botschaften, die nichts mit mir zu tun hatten. Die Grenze verläuft nicht zwischen oben und unten sondern zwischen dir und mir. Auf den Fahrkartenautomat hatte jemand auf den gelben Rand über dem Monitor mit rotem wasserfesten Stift geschrieben. Hate is for lovers stand dort in einer hohen schwungvollen Schrift, ein wenig verschmiert. Ich ging die Treppe runter, überquerte die Straße und bog nach links. Nach ein paar Metern las ich eine Liebeserklärung in weiß gesprühten Buchstaben. Dein Gesicht hat Sommersprossen. Worte sommerlichen Überschwangs, während sich der Splitt im Eis in meine Schuhsohlen drückte. Ich griff in meine Tasche und suchte nach dem Schlüssel. Ich spürte die Kälte des Metalls durch den Handschuh und hielt ihn fest, bis ich zu Hause ankam.

Durch das Fenster hörte ich, wie draußen Werkzeuge in die Eisschicht auf den Gehsteigen geschlagen wurden, ein hämmerndes Geräusch, laut hallend. Das Eis, durchsetzt von Salzen, von Splitt und Sand und dem Müll der letzten Wochen, sprengte in Splittern und Klumpen zur Seite. Ein paar Leute brachten heißes Wasser und gossen es auf die Schlagstellen.

Sebastian Polmans
Über Peanuts, mich und andere Sachen

»*Hail mary, full of grace ...*«
Aus dem »Ave Maria« in englischer Übertragung

Shit, denk ich. Das ist nicht gut. Noch fünfzehn Minuten bis die 3 kommt. Das ist nicht gut, weil ich mir, wenn ich warten muss, immer vorkomme wie der letzte Mensch auf der Welt. Und diese Welt mit mir als allerletztem Menschen kommt mir dann irgendwie winzig vor, wie eine Erbse. So ist das bei mir. Und dann dieser endlose Regen und diese Hitze. Und bis auf das grell scheinende Licht in der Haltestelle ist alles so megadunkel, dabei ist es viertel nach drei, p.m. Und sowieso denk ich mir gerade, das sei nie anders gewesen, als wär das hier mein fucking Zuhause. *Home is where the hatred is ...* Nur, dass ich nicht allein bin.

Da ist nämlich diese Frau neben mir. Ihr Gesicht fast schwarz, viel schwärzer als meins, und sie ist klein und ziemlich dick. Sie trägt so ein Nonnenoutfit, die Farbe ist eins zu eins Vanille, auf ihrer Nase eine Sonnenbrille. Und an einer langen Kette um ihren Hals hängt ein geschnitzter, ziemlich großer Jesus am Kreuz und das Kreuz da auf ihrem Bauch, wie mit Prittstift festgeklebt, und hinter der Holzbirne von diesem Jesus ein bierdeckelgroßer, neongelber Heiligenschein, der im Dunkeln leuchtet. *Bling, bling ...* Damit wahrscheinlich keiner mehr Angst hat im Dunkeln.

Auf jeden Fall knackt die Nonne Erdnüsse, die sie wie eine Zauberin unter ihrer Kutte hervorholt. Die blank geschälten Kapseln schnipst sie sich mit ihren kurzen, schwarzen Fingern in den Mund. Manche Schnipsel der braunen Hülsen segeln auf ihre Kutte, nach fünf Minuten ist oberhalb ihrer eckigen Mordsbrust alles wie auf einem Tablett serviert.

Ich kratz mich am Nacken und stelle mir vor, wie ich mich mit der Nonne unterhalte: »Entschuldigen Sie, mein Name ist Kobe Bryant, wohnen Sie in der Stadt? Wo kommen Sie her? Könnten Sie mich vielleicht segnen?«

Sie hält ihren Kopf gesenkt und rückt jetzt diesen Jesus am Kreuz vor ihrem Bauch zurecht. Irgendwie leuchtet das Bierdeckelheiligenscheindings danach noch heller, was ziemlich gut aussieht. Und ich beweg dann ein bisschen meine Lippen, wie ein Bauchredner: »Mein Name ist Kobe Bryant, könnten Sie mich vielleicht segnen?« Das meine ich ernst, das mit dem Segnen. Ich glaub daran, dass so was hilft. Okay, okay, mein Name ist erfunden. *What's my name ...*

Die Nonne und ich, wir sind die Einzigen in dem Häuschen der Haltestelle. Logisch kriegen wir hier drinnen auch Tropfen ab, aber draußen fällt der Regen so endlos. Wie eine verdammte Mauer, die bis in den Himmel geht, kommt mir das vor, wenn ich in diese flackernden Schlieren starre. Ich kann nicht mal die andere Straßenseite erkennen, und die schwarze Nonne und ich stehen da, wie in einem winzigen Zimmer, ohne Tür. *Just the two of us ...* Und dann noch dieses straighte Rauschen. Und da schießt mir wieder so ein flirrender Blitz durchs Mark und ich hab kein Plan mehr, wo ich bin. Wie gesagt, so was passiert mir halt, schon bei so Kleinigkeiten. So ist das. *Me, myself and I ...*

Und ich dreh mich also um. Weil mir das Umdrehen immer hilft, wenn es mir so geht. Der Moment, wo man den Kopf bewegt, tut nämlich gut. Ich hab meinen Kopf deshalb auch früher schon immer so geschüttelt, permanent eigentlich, und die Augen hab ich dabei weit aufgerissen, um alles in Bewegung zu sehen. *Move something ...* Jetzt leg ich das Kinn aber auf meiner Schulter ab und blick auf diese beiden gelben Hartschalen. Die Tags »Johnny is a homo« und »fuckyoutwice« und »PENG« kann ich lesen, drumherum ist ein fettes Herz in die Schale geritzt, und etliche weiße und pinke Kaugummis kleben auf den Sitzflächen. Pfefferminz und Himbeer, perfekte Kaugummimische für den Sommer, denk ich mir. Ich stell mir auch den Geschmack vor und dabei fängt mein Mund an zu kribbeln und dann kribbelt es plötzlich überall, so ganz unangenehm.

Ich dreh mich also wieder um, nach vorn, die Augen lass ich auf. Der Regen bleibt heftig. Und jetzt bekomm ich auch wieder so ein Schiss, dass der Regen meine Haut weiß wäscht.

Die Nonne und ich, wir setzen uns jedenfalls beide nicht. Wir stehen so ziemlich auf einer Höhe in der Mitte vom Häuschen, und wenn ich meinen Arm ausstrecke, würde meine Hand ungefähr auf ihrer Schulter liegen. Natürlich mach ich das nicht. *Can't touch this* ...

Einmal dreht sie sich auch um. Und diese ganzen Erdnussschnipsel schweben dabei zu Boden, und ihre Kreuzkette mit dem Jesus schwingt hin und her und macht glöckchenartige Geräusche, als wär jetzt Weihnachten und nicht so ein brüllend heißer Sommer, und ich denk, dass ihre nonnige Vanillehaube auch so richtig langes und blondes Engelshaar sein könnte, und ihre Flügel, vielleicht hat sie die ja versteckt unter ihrer Kutte, wegen diesem Höllenregen, in dem jeder Engel wahrscheinlich abstürzen würde.

Ich entdeck auch ein, zwei Sommersprossen auf ihrer schwarzen Wange. Weiter weg höre ich ein paar Mal eine Hupe, die wie Schweinegrunzen klingt. Ich denk mir, Sommersprossen, Schweine, wünsch dir was. Klar, dass ich mir den Regen wegwünsch, aber nix passiert.

Als sich die Nonne wieder nach vorn dreht, hält sie sich ein winziges Handy ans Ohr, ein paar Mal höre ich ihr »Mhmhm«. Sie nickt währenddessen ziemlich besinnlich. Dann lässt sie das Teil ohne irgendeine Verabschiedung unter ihrer Kutte verschwinden. Kein Plan, wer das war, vielleicht Gott.

Dieses Durcheinander von Nässe und Hitze jedenfalls ist eklig und ich kratz mich, dabei rutscht mir der Träger von meinem Lakers-Trikot von der Schulter. Instinktiv falte ich die Hände als würde ich beten. *Amen, brother* ... Sicher komme ich mir zuerst vor, als helfe das tatsächlich. Nur der Träger hängt mir immer noch von der Schulter und ich schau sofort nach, ob die Haut da, wo ich mich gekratzt hab, jetzt weiß ist, und ich check auch meine Schulter. Aber alles okay. Trotzdem fangen meine Beine jetzt an zu zittern, so richtig heftig. Ich schau an mir runter, kurz bin ich stolz, als ich meine roten Airmax leuchten sehe, aber da ist nicht mal eine Minibewegung in meinen Beinen. So eine Scheiße, sag ich mir, aber dann denke ich: »Halt, Boogiemen! Talk to the nun!« Wahrscheinlich, weil ich glaube, dass sie mir mit diesem Weißwaschschiss irgendwie helfen kann.

Und ich guck mir meine Hand an, außen, innen, außen, innen, schwarz, weiß, Kopf, Zahl, denk ich. Die Nonne guckt weg. Also hör ich auf damit. Ich guck auf meine Hand, innen. Zahl. Die weiße Seite. Game over, denk ich, normal nehm ich ja Kopf. »Talk to the nun!«

Ich schrapp so mit den Füßen über den Boden, vorsichtig, wie mit einer Harke, wahrscheinlich um irgendein fucking Wort vom Boden zu kratzen. Ohne Scheiß, ich glaub wirklich, dass die Sätze auf der Straße liegen. Klar, hab ich auch schon mal Bücher gelesen. Aber ich glaub, die freshesten Sätze und Worte, die einem wirklich was bringen, die einem weiterhelfen, die liegen auf der Straße. Ich überlege deshalb auch, meine Airmax auszuziehen, weil ich glaube, bloßfüßig lassen sich die Worte besser fühlen. *Word up* ... Und während ich so rumschrapp, erst da fällt mir auf, dass ich auf einem kreisrunden Gullideckel stehe. Und aus diesen kleinen Löchern dampft es. Vielleicht eine Rakete oder so was in der Art und gleich startet die mit mir durch, denk ich mir. Dann wär ich im Himmel. *Touch the sky* ...

Diese Nonne, ich stelle mir vor, sie wär meine Mutter. Mit meiner Mutter bin ich ein paar Mal in die Kirche gegangen früher, und vor dem Schlafen hat sie mit mir gebetet und gesungen, immer das Gleiche, jede Nacht. »Müde bin ich, geh zur Ruh, mache beide Äuglein zu, Vater, lass die Augen dein über meinem Bettchen sein ...« Aber das hat geholfen.

»Ich bin bald weg«, hat mir meine Mutter dann irgendwann gesagt, fast täglich. Eine Frau aus Polen war da auch da, die war sehr nett und hatte so ein ganz spitzes Kinn und trug immer so eine Yankee-Basecap, aber die konnte unsere Sprache nicht. Aber weil ich auch immer so Probleme hatte mit dem Sprechen, war das total okay. Jedenfalls, irgendwann im Winter war meine Mutter weg, und auch die Polenlady. Und ich bin aus meinem Zimmer und dann saß da meine Tante im Schaukelstuhl, mit einer Zigarette und ihren blonden Plastikhaaren und guckt hoch an die Decke und sagt so mit ihrer Piepsstimme: »Die ist im Himmel.« Ich hab nur genickt. Ich erinner mich gut daran, und an diesen perversen Zigarettengestank. Meine Tante hat dann jedenfalls auch nicht mehr mit mir gebetet, die hat nur gesungen: »Schlaf, Junge, schlaf ...« Und auch nicht immer. Das klang so scheiße und hat mich so richtig traurig gemacht, und meine Tante hat sowieso nach Zigaretten gestunken und nach Zwiebelringen und immer nur mit irgendwelchen knochigen Mackern in der Küche gesoffen und rumgemacht. Nonnen saufen wahrscheinlich nicht.

Die Nonne neben mir sowieso nicht. Die kaut Peanuts, richtig profimäßig sieht das aus, und klar muss ich da an den Coach der

New York Knicks denken, Mike D'Antoni. Aber der kaut immer total schnell und flippt meistens irgendwann auch aus. So wie die Nonne das macht, hat das was Friedliches, was total Beruhigendes. Und als ich meinen Kopf runterbeuge, um sie aus dem Augenwinkel noch besser zu beobachten, seh ich, wie sich ihre ganze Kutte zu ihrem Kaurhythmus bewegt, so ganz leicht, als würde sie vielleicht auch tanzen, so ganz smooth. Und jetzt weiß ich auch, was ich sie fragen will, nämlich ob sie mir nicht auch eine Erdnuss unter ihrer Kutte hervorzaubern kann. Wir würden dann zusammen hier rumstehen oder tanzen und Nüsse knacken. Das wäre richtig gut.

Als ich dann irgendwas fühle unter meinen Schuhen, höre ich so ein Quietschen, und bam, plötzlich steht die 3 da. Als sei der Bus vom Himmel gefallen steht der jetzt einfach so da. *Hokus Pokus ...* Klar, die Viertelstunde ist um, aber keine Ahnung, was das alles soll. Jedenfalls muss ich durch diesen scheiß Regen und mir geht es nicht gut und ich weiß auch gar nicht, wo ich hin soll, und meine Beine fühlen sich immer noch so an, als würden sie zittern.

Die Nonne rührt sich nicht mehr, die steht da wie versteinert. Und ich überlege auch kurz, ob ich bleiben soll, bei ihr. Weil ich gar nicht weiß, wo ich hin soll.

Ich geh dann trotzdem los. Und während ich also hinten in die 3 einsteige, triefnass von den paar Schritten durch diesen fucking Regen, höre ich die Nonne kurz pfeifen. Sie fragt mit einer ziemlich souligen Stimme, wo ich herkomme. »Mein Vater kommt irgendwo aus Afrika«, rufe ich und bin mir aber auch da gar nicht mehr sicher. Ich hab den ja nie gesehen.

Und ich bleibe mit einem Fuß noch draußen und guck noch mal zu ihr hin. Und nachdem sie ein paar Erdnüsse aus der Hand geworfen hat, seh ich, wie sie einen Regenschirm unter ihrem Dress hervorkramt. Scheiße Mann, denk ich, gelbe und lila Streifen, die Lakers. Dann verschwindet sie unter dem Schirm.

Durch die Lautsprecher im Bus hör ich die Stimme des Fahrers: »Rein oder raus?« Ich fühle Wasser in dem Airmax, mit dem ich noch draußen steh. »Rein oder raus?« Ich steig ein.

Dann sofort dieses Warnpiepen, dreimal, bevor die Türen zuklappen. Und ich sehe die Nonne, wie sie wie so ein Monstermagicmushroom auf den Gehweg und hinaus in diesen Höllenguss tippelt und verschwindet. Irgendwie bin ich da beruhigt, zumindest für den Moment. Ich schmunzel auch kurz. Das habe ich lange nicht mehr gemacht. »Mein Name ist Kobe«, denk ich, »Kobe Bryant, und ich bin nicht allein.« Und weil der Bus mit einem Ruck anfährt, greif ich schnell nach so einer Halteschlaufe, die wie Würgeschlingen an den Stangen unter der Decke schaukeln.

»Dein Ticket«, sagt eine ultrafiese Stimme, als ich mich setzen will. Der Typ hat eine Hakennase und sein Gesicht hat rosarote Flecken, aber ist im Grunde genommen schneeweiß, wie ein Blatt Papier, das ich am liebsten zerreißen würde. Auf der Stirn hat er knittrige Falten und er stiert mir mit seinen schlitzigen Augen auf die Hände. Außen, schwarz, denk ich, Kopf, und ball Fäuste und merk zum ersten Mal, dass ich nicht schissig oder traurig bin, sondern ziemlich wütend auf all die Egofucker da draußen, die so sind wie dieser Ticketpunk, oder wie meine Tante, und die sich alle für irgendeinen verdammten Planeten halten und sich eigentlich eine verdammte Scheibe von meiner Mutter oder von der Nonne oder der Polin mit der Yankee-Cap abschneiden sollten. Und irgendwie weiß ich aber auch nicht, was genau man da tun kann. *You gotta fight ...*

»Dein Ticket«, nörgelt der Weißkopf mit mehr Lautstärke. Und ich guck auf meine Arme, die voll nass sind und schmierig, und werde saunervös. Aber irgendwie freu ich mich, dass alles schwarz bleibt, als ich mir mit dem Finger über die Haut streich.

Der Weiße hustet. Ich guck ihn aber nicht an, sondern noch mal raus. Es hat aufgehört zu regnen. Es ist wieder heller. Tropfen flitzen in Minibahnen außen am Busfenster hinunter. Ich wette gefühlsmäßig auf den Turbo einzelner Striche. Ein Mädchen in pinkem Overall fährt mit einem Tretroller durch eine Pfütze auf dem Gehweg. Auf einem Court tippen ein paar dürre Kids ihren Basketball. Die meisten tragen Shirts mit der Nummer 34, O'Neal. Auch die Nonne sehe ich wieder, wie sie auf einer Bank sitzt und ihren Schirm ausschüttelt. Dann zieht sie ihre Sonnenbrille ab und blickt kurz zu mir auf. Im Vorbeifahren seh ich einen Walkman in ihrem Schoß liegen, und wie sie mir ihren Zeige- und Mittelfinger entgegenhält. Und ihre ultrablau leuchtenden Augen sehe ich, genau wie die meiner Mutter, nur dass die weiß war.

Dann fühle ich eine Hand in meinem Nacken. Shit. *Bye, bye blackbird* ... Und that's it.

Stephan Reich
Gedichte

innen

& siehe der kleinste partikel muss
ein außen ein innen haben was
ist dass dir in die lider die innen
seite des kopfes geschossen die blitz
lichter kommen von außerhalb zittern
die blicke in was uns umgibt zwischen
bett & dem frühen morgen küsse im zwie
licht ein hageres feld hab ich nach innen
bestellt der moment einer reflexion der
wunsch sich zu häuten, berührt & besetzt &
was soll es bedeuten die augen als umschlag
punkt als *wasteland* nach innen wie außen kein
fruchtbarer boden ein *failed state* die blitze &
lichter der mangel an frieden &
diplomatie.

sleep
    denk ich verdämmre & taste durch
    alp   traum   leib   hafte
    peripherie erster
    licht   taumel   strahlen   darin staub
    tanzt gerümpel meiner
    aug   sünden   äpfel
    tand wieder taub wieder weckt
    der alarm welkt im
    hand   knopf   drücken   um
    drehen den unfrieden frieden in
    federn & teer blieben liegen gelassen ver
    lassen minuten   sand   korn   weise weniger
    leben derer noch zehn denk ich
                              sleep

klagelied

draußen in dämmernde tage ich
fühle sie nicht ich bin hier & die
negation aller farbe am himmel &
hie & da bäume im zwiegespräch
rauschen ihr klagelied streichen dem
wind dunklen ton ins gerippe was
war ich wo bist du wo findet
dein leben statt nehm ich es
auf nehme es an mich heran
& ich fühle es doch nicht der
klagenden blätter gespräch ich
bin hier & nie wollte ich fraglos sein
immer verlieren verlaufen sich
spuren hie & da die idee deiner haut
als ein säckchen zu tragen ich
weiß nicht wie ich & wo du
kurz was wir einmal liegt dann mein leben
in händen ich taste es ab & ich spüre
dich doch nicht wie ist der weg
steinig & wo führt er hin?

Keep me logged in
derweil ich müde vom müdesein bin vom
bei mir bleiben schläfrig weil nie
was verweilt & gerede das
denken nicht heilt oder
heilen mag jemand der blieb sag
was ist auf den schollen der nacht auch
kein treiben kein
bei sich oder zwei bei einander bleiben
in dir & vorbei ist das ich
& was sonst sich noch spiegelt in was
aus der uhr kriecht geziffer so saß man nie
blieb jemand müde vom warten
& mit einander mit sich
verblieben nie
blieb jemand außen blieb
vor davon *keep*
me logged in log
me out.

wer denkt

so entstunden sich tage im mull
meiner träume verbunden was
heißen die brände was tragen die
menschen für namen zu
grabe geht wer & wer denkt
dass das leben nicht mehr sei
als schier nur die summe der teile es
war was es bleibe wer leise erinnerte
nur an die möglichkeit schierer idee
eines schlafes ein traum bricht
prismatisch in zeit und raum letztlich die
summe aller stunden wer denkt
es entstünde ein leben daraus & wer
fragte & fügte zusammen
genügte wer trug oder
trügte
things out of my head.

wege

Einmal als
wege zu dir fehler
haft nur ins land ge
schrieben standen gingen
die lampen früher an am
kamin ein ganz
wenig wärme worte al
veolar & wüst eine vage
orthographie fahles
licht deiner stimme
als du all jene
trümmer aus
deinen wehen lidern
kehrtest blieb
ich zurück & du
kamst nie wieder
nur wege zu dir
in kursiv & dein name
auf lösch
papier fehler
haft hastig ins gras
geritzt wege ins
land & in sand
geschrieben.

du im wankenden linnen so
reise doch über mich streiche
doch flachs & gestrüpp
aus der stirn & ein
wenig bedachter dein lid

schlag die mutigen
seefahrerfinger sie
lesen den weg
an den sternen
derweil ich
über deiner arme atlanten

torkeln muss forschen nach
heim & nach ruhe der see
gang deiner metronomischen brust

in unsrer zungen gischt
spielt er wider.

in atem

Fest verdacht in die lektüre
deiner hände die finger
verknoten mit meinen
verwoben & bahnen sich
in einen nachmittag weg
aufgewühlt in den laken
richten sich robinsonisch
berührungen auf deinen
brüsten ein, irrlichtern deine
augen über meinen führen
fort in die sümpfe
& hierher zurück.
sage wie war noch jenes
versunkensein jenes
tandemisch in atem was
ist's & warum das die
sonne schon sinkt?

nie kann ich meiner selbst
genügen muss ich immer
neu verhandelt sein
dies das feilschen um eine mitte
die grenzziehung mal hier &
mal dort die verschwommenen
jahre geweidet auf einer
gegerbten stirn jetzt & die
salzige luft des schreib
tisches der anblick
zweier handrückenhügel die
nach der wahrheit lesen
& tasten in der wirrnis des
altgewordenseins warten
werweißwo die bruch
stücke eines abgeschrittenen
weges verwachsen die
ringe allmählich in den
fingern

dies kann kein lichter tag
mehr sein. dies die ab/an
wesenheit stummsonoren
summens der dusch kopf
kaskaden wachsen wasser
fäden auf deinem gesicht als
verkettung aller dinge
verdeutet & neuronal ein
aufeinanderzu
voneinanderab
kann dies kein lichter tag
mehr sein. dies die ab/an
wesenheit funktionalen
handelns zweier duschender
& der verkettung aller dinge
muss ich immer habhaft sein
ohne aussicht auf ziel
oder richtung das wasser
über den ohren das summen
im kopf der noch nie
funktionieren wollte ich
endlich für mich
sein in all meiner
dysfunktion.

im negativ

  Ich schlafwandelte einmal durch eine
  nacht fand mich lange kaum wieder
  in schalem bier oder zu mir zurück &
  gespräche glanzlos in die pokale ge
    spieen daran ich nichts knüpfen
      konnte lokale voll neon die
      lichter & sturm draußen
      schnee noch im märz der
        sich zur neige legte
        in einer zigaretten
          länge

                    ich

          nachtwachte einmal
          & sinnte ob zeichen drängten
          durch kerzen schein die ich nicht
          würde deuten können am eck
          einer nacht & schale neon
          gespräche der schnee sturm im
          negativ getümmel ein test
          bild der märz am schafott
          weiter tanzte & rann in lokalen die
          jugend im krieg darin ich mich
          verlor.

weniger nicht

Ich knospe ich kratze das
moos von den träumen an
nördlicher seite der nacht
gehn die toten die stirn
stäubt schwere als gäbe
es weniger nicht neigt
gesprochenes über zum
morgen ich lese den
kommenden tag im
gewölk deiner stimme das
feixen der finger kuppen
scheint mögliches ge
borgen liegen offen ideen
auf dem tisch vis à vis
& blieben sie es, bliebest du?

Christian Schich
Wenigstens starb ein Teil von mir

Das Wasser des Atlantiks stinkt nicht – es ist schwarz, salzig und scheißkalt.

Die Durchschnittstemperatur auf hoher See beträgt dreizehn Grad. Dreizehn Grad sind gefühlt nicht mehr als fünf und sie bedeuten für jeden gestandenen Seemann ein Zeitfenster von fünfzehn Minuten. Fünfzehn *glorreiche* Minuten, um sich von seinen Kameraden retten zu lassen. Fünfzehn Minuten den Kopf aus dem Wasser, mit den Beinen strampeln und immer die Arme bewegen; schreien ja, aber kein Wasser trinken; beten? – klar, beten, dass die Bande nur halb so gut ist, wie sie immer prahlt, beten, dass keiner die Nerven verliert, dass sie dich nicht verlieren, was passieren kann bei hohem Seegang.

Der Wind war seit Tagen nicht abgeflacht. Geräuschlos drückte er dicke Tropfen gegen die Bullaugen, die nur dünnes Licht in unsere Kabinen warfen. Seit Tagen kein Himmel, keine Sonne. Die kleine Lampe neben meinem Bett, die Lichter in der Bordküche, in den Gängen und Arbeitsräumen brannten immer. Ob Tag oder Nacht, keine Ahnung, hell war es nie.

Seit Tagen hatte ich nicht mehr geschlafen. Richtig tiefer Schlaf, hatte ich schnell gemerkt, war Luxus auf dem Schiff und nur schwer zu bekommen. Ich als Neuling hatte da keine Chance. Aber ich hätte auch niemals den Mund aufgemacht. Solange man nicht wirklich am Ende ist, gibt es keinen Grund, sich zu beschweren – diese Lektion hatte ich auf dem harten Boden des Boxrings gelernt. Seitdem ich laufen konnte, war ich Boxer. Der Ring hatte schon zu meinem Leben gehört, als ich noch nicht mal in die fünfte Klasse ging. Kämpfen war Alltag, genauso Routine wie Liegestützen, aufgeplatzte Lippen oder angeknackster Stolz.

Schwäche zeigen? Aufgeben? Wie geht das? – Kotz ruhig, hatte man zu mir gesagt, wenn ich nicht mehr konnte. – Kotz ruhig, aber stehen bleiben musst du trotzdem. Das ist gesunde Härte, mein Junge – so habe ich es gelernt, so hat man es mir beigebracht.

Ich war ein Sieger. Ich konnte unter Schweiß und mit kochenden Tränen meine letzten Energiereserven verfeuern. Es hört sich jetzt komisch an, aber ich konnte halb tot im Ring stehen, ohne auf die Idee zu kommen, umzufallen. Ich hatte einfach von klein auf gelernt, mich nicht für das Aufgeben entscheiden zu können.

Wie lange fühlte ich mich deswegen überlegen? Doch jetzt hatte ich den Mist. Das hier war nicht der Boxring, das war das richtige Leben. Ich war Deckhand auf einem Kontainerschiff von Hamburg nach Kuba und ich war am Arsch. Ich sah zu, wie sich meine Schichten am Arbeitsplan aneinanderreihten und wusste nicht, was ich dagegen tun sollte.

An einem Morgen dann – es war ein Montag – wurde ich über die Reling geschleudert. Einer meiner Kameraden versuchte mich festzuhalten, während ein anderer mich hinunterstieß. Irgendwie war es ein Unfall, irgendwie aber auch nicht. Unser Schiff, ein Massengutfrachter in der vierten Generation, eine mittelgroße Panamax, lag träge in den grauen Wellen. Die Motoren waren auf Stopp und die Crew war an Deck. Die Crew, das waren an diesem Morgen drei verkaterte Vietnamesen, die auf niemanden hörten; Vitali, ein hünenhafter Ukrainer; da war Peter, ein nervöser Kollege aus der Heimat, und »der Kleine«, das war ich.

Der Kapitän war unter Deck und schrieb eine Satellitenmail an seine Frau. Er war ein cholerischer Kanadier, der das Schreiben mit dem Laptop nie gelernt hatte. Einmal wöchentlich mühte er sich ab und hämmerte wild fluchend seine Treueerklärungen in den Computer. Das war meistens Montag morgens. Und weil jeder, der in seine Nähe kam, verantwortlich für das »verfluchte Scheiß-Drecks-Ding« war, versuchte jeder, am Montagmorgen nicht in seiner Nähe zu sein. War da aber kein Sündenbock zu finden, war wenigstens das Dröhnen der Motoren Schuld.

Also saßen wir an diesem Montag, wie an so vielen andern, morgens um neun in der Bordküche, in voller Montur, und warteten, bis der Fernsprecher fluchte.

»Vitali ...«

Vitali war Steuermann. Er fuhr schon am längsten mit dem Kapitän und war seine Vertrauensperson.

»Vitali. Stopp die Scheißmotoren. Schick alle raus auf Deck und guck, dass sie was Vernünftiges machen. Ich will hier unten niemanden sehen. Mittagessen um elfdreißig, Ende.«

»Alle« hieß natürlich nicht alle. Alle das waren die, die potenziell unfähig waren und die dem Kapitän mit ihrer dummen Anwesenheit seine Aufgabe erschwerten. »Alle« waren die Neulinge, wir fünf – die drei Asiaten, Peter, ich – und Vitali, der die Verantwortung übernahm. Die anderen, die über uns standen, weil sie wichtigere Aufgaben erfüllten, gingen wieder ins Bett.

Ohne zu zögern stand Vitali auf.

»Also dann«, er stütze sich mit seinen riesigen Pranken auf den Tisch, sodass wir unsere Kaffeetassen festhalten mussten. »Los gjehts«.

Vitali war früher Soldat gewesen, das passte gut zu ihm. Seine Loyalität war beeindruckend. Jetzt war er zwar Steuermann und sozusagen Zivilist, aber das änderte gar nichts. Er tat immer noch alles genauso wie früher. Was man ihm auftrug, erledigte er ohne Widerrede, unverzüglich und mit kalter Konsequenz. Außerdem war er ein Riese und dazu hart und kalt wie ein Stück Fels.

»Na los, rraus mid euich.«

Ächzend bewegten sich die warmen Schultern, die mich von beiden Seiten festpressend daran hinderten, vornüber auf den Tisch zu kippen. Ich schlug die Augen auf. Wie jeden Montag saßen wir auf der Eckbank um den Kajütentisch gedrängt; fünf Seebären im Halbschlaf, in unserer dunkelblauen Arbeitskluft aus Baumwolle; schlecht rasiert, schön aneinandergeschmiegt.

Langsam bekamen meine Schultern Spiel. Peter rutschte wie ein mechanischer Wurm nach links davon, genauso wie Hong zu meiner rechten. Bis vor einer knappen Stunde noch hatten Peter und ich im Maschinenraum Wache gehalten. Es war seine erste Doppelschicht und meine dritte Nacht ohne Schlaf. In drei Tagen kein Bett gesehen. Verschwommen sah ich, wie Peter wieder und wieder das Kinn auf die Brust klappte.

Hong auf der anderen Seite stank nach Alkohol und Zigaretten. Er hatte freigehabt und die Nacht mit zwei Flaschen Gin und seinen vietnamesischen Kollegen hier an diesem Tisch verbracht. Vor einer halben Stunde hatten wir die drei gefunden und erst mal die Fester aufgerissen. Wir hatten die leeren Flaschen und die Kippen vom Tisch geräumt, Kaffee gekocht und fünf dampfende Becher hingestellt. Dann hatten wir sie geweckt, ein zweites und auch ein drittes Mal, aber erst als Vitali, der Soldat, den Befehl zum Ausrücken gab, kam Leben in die drei Müllsäcke. Sie stanken wirklich unerträglich. Als Hong seinen Hintern hinter dem Tisch hervorzwängte, füllte sich die Kabine mit dem Geruch von faulen Eiern, Essig und Abwasser. Mir stand die Kotze im Hals, aber wie immer sagte ich kein Wort.

Die sinnvolle Aufgabe, die sich Vitali für uns ausgedacht hatte, bestand darin, das Mülllager zu leeren. Immer zu zweit. Einer hievte das Zeug über die Reling und der andere schob nach, bis es über Bord kippte. Vitali saß derweil in einer geschützten Ecke und bellte Kommandos, gegen die Müdigkeit und gegen den schneidenden Wind. Ich arbeitete mit Hong, wie immer, und wie immer machte er mich nervös.

Wie viele Nächte musste ich mit ihm im Maschinenraum Wache halten? Ganz ehrlich, ich weiß es nicht mehr, und hoffentlich habe ich diese schwarzen Löcher bald allesamt verdrängt. In der ersten Nacht, schon nach den ersten Stunden, war es bitterkalt zwischen uns gewesen. Wir saßen da, tranken Kaffee und tasteten uns ab – er auf der Leiter neben dem Stromverteiler und ich auf einem blauen Plastikstuhl. Hong war gefährlich, das fühlte ich sofort. Er war einer von denen, die dich in den Arm nehmen und Bruder nennen, aber sobald ihnen ein Aschenbecher fehlt, ihre Zigarette in deiner Hand ausdrücken. Auch wenn ich es mir nicht eingestehen wollte, ich hatte Angst vor ihm. Ich war zwar größer und stärker, aber er war mir durch seine gewissenlose Art überlegen. Ich hätte damals alles getan, damit wir Freunde werden und er hätte mich für ein Feuerzeug an den Teufel verkauft. Nach wenigen Stunden war es still zwischen uns gewesen. Er drehte sich an seinem Platz um, stützte sich auf die Leiter, rauchte, und starrte an den rostigen Sprossen vorbei in die blinkenden Lichter des Stromverteilers. Ich machte hinter meinem Plastikstuhl Liegestützen oder saß in einer Ecke und las. Und so blieb es. Das Einzige, was uns verband, war der vibrierende Boden aus blankem Metall und das Dröhnen der Maschinen, das die Stille zwischen uns tötete.

Auch an diesem Montagmorgen gab es nichts zu reden. Ich war nervös, müde und am Ende meiner Kräfte, Hong war betrunken. Eine Böe nach der anderen fegte über das Deck hinweg und griff nach unseren schlackernden Ölkleidern. Man hätte schreien müssen, um sich zu verständigen, wir sagten kein Wort.

Ich sah die Reling verschwommen vor mir. Versuchte einen

Fuß vor den anderen zu setzten, ohne zu stolpern oder zu kotzen. Kalter Schweiß rann mir übers Gesicht, der orangefarbene Gummikragen schlug mir gegen den Hals, pochte wild, wie mein übermüdeter Puls. Noch fünf Schritte, vielleicht.

Selbst durch die Gummihandschuhe schnitten mir die rostigen Kanten der Eisenplatte in die Handfläche. Wie bei jedem Gang lief ich vorneweg, während Hong von hinten nachschob. Der Wind presste die Platte wie ein metallisches Segel gegen unsere Schultern. Mit dem Kopf versuchte ich den Druck auszugleichen. Hong wurde langsamer, er bremste. Ich wusste, wenn er es nicht mit Absicht tat, dann war es ihm wenigstens scheißegal. Doch ich hielt den Mund. Verdammt, ich spürte, wie sich das Feuer durch meine Unterarme fraß. Lange konnte das nicht mehr gut gehen. Drei Schritte noch. Nicht mehr.

Dann plötzlich ein Ruck, ein kalter, schneller Schmerz in den Handflächen, in Arm und Schulter. Ein höllisches Scheppern und die Platte riss mich nach hinten weg. Für einen Augenblick war es, als stünde ich neben mir. Ich sehe, wie ihm das Eisen aus der Hand schnellt, wie Hong erschrocken zurückspringt, damit ihm die herunterfahrende Kante nicht ins Bein schlägt. Ich sehe, wie die Platte über mich kippt; wie die rostige Fläche gegen meinen Kopf knallt und die abstehenden Metallsplitter durch meine Wange fahren, wie ein Kamm durch glänzendes Haar.

Ich muss geschrien haben, doch ich spürte keinen Schmerz. Nur den Schock, nur die Flucht, aus mir raus und weit weg, weg von »dem Kleinen«, wie sie mich alle nannten. Weg von dem großen, kleinen Trottel, der immer versuchte, alles richtig zu machen und dafür von einer Metallplatte begraben wurde, an einem verdammten Montagmorgen, von einem versoffenen Kameraden im Stich gelassen.

Wäre ich in diesem Augenblick wirklich neben mir gestanden, ich hätte den Moment eingefroren. Die Wellen wären erstarrt und mit ihnen das Schiff. Die Luft wäre stillgestanden und der Wind hätte meine Jacke losgelassen. Ich hätte mich zu mir hinuntergebeugt und mich angesehen, genau so, wie ich war, eingeklemmt zwischen dem Deck und einer rostigen Eisenplatte – meine zitternden Knie, das Einzige was mich davor bewahrte, zerquetscht zu werden. Dann hätte ich tief durchgeatmet und mir erst mal selbst eine gescheuert. Zack!

»Du verdammter Idiot!«, hätte ich zu mir gesagt. »Schau dich an, wie du aussiehst. Das hast du dir alles selbst angetan. Du hältst DICH nicht fest, hast kein Gefühl für dich. Schon dein ganzes Leben lang ist das dein Problem. Aber diesmal hast du's übertrieben. Jetzt kriegst du deine Abreibung.«

Ich wäre einmal um mich herumgeschlendert, schön langsam. Ich hätte kurz zu Vitali hinübergesehen, der in diesem Moment von seinem Stuhl aufgesprungen und mit einem derben Schrei auf den Lippen auf uns zugestürmt kam. Auch wenn er zu spät kommen würde, in diesem Moment meinte er es gut. Dann hätte ich noch einmal zu Hong hinübergesehen, der überhaupt nicht kapierte, was gerade geschah; der im Delirium gleich die Platte hochreißen und mit aller Kraft losstampfen würde, bis das Eisen gegen die Reling scheppern und ich wie ein nasser, orangefarbener Sack darüber hinweggeschleudert werden würde.

Aber wie gesagt, so weit hätte ich es nicht kommen lassen. Hätte ich die Möglichkeit gehabt, ich hätte mich mit einem saftigen Arschtritt selbst über die Reling gestoßen. »Selbst schuld!«, hätte ich hinterhergeschrien, »seit zwanzig Jahren die gleiche Scheiße mit dir!«

Ich fiel acht Meter tief und es war wie Schlafen. Es war, als sähe ich von oben auf mich herab, genauso, wie ich vorher den fallenden Müllsäcken nachgesehen hatte. Krachend schlug ich auf und brach durch die Wasseroberfläche. Das Meer verschluckte mich und sog mich hinab. Dann stand alles still. Dunkel und still. Und über mir schimmerte mein Leben, stahlgrau, durch eine Schicht aus unüberwindbarer Dunkelheit, ein Leben, auf das ich in diesem Moment wirklich keinen Bock mehr hatte.

Jasmin Seimann
Herr Peichel

Herr Peichel stand am Fenster, als sich die Welt draußen veränderte. Ganz plötzlich war es auf den Straßen der großen Stadt feierlich und ruhig geworden. Er sah in den dämmerigen Himmel hinauf und spürte ihn lange, bevor er kam. Erwartungsvoll, mit kindlichem Glanz in den Augen, wartete er auf den großen Moment. Es dauerte nicht lange, da sah er ihn seinen leichten Tanz beginnen. Ganz oben in den Wolken und dann langsam in dicken Flocken, immer weiter der Erde zutreiben. Schon bald hatte er die Höhe von Peichels Fenster erreicht, er sah ihn im Schein der Straßenlaternen seidig glitzernd, schweben.

»Schnee«, seufzte der alte Mann und lehnte den Kopf gegen das Fensterkreuz. Die Straße vor seiner Tür war seltsam leer und unbewegt an diesem Abend und so konnte er zusehen, wie sich langsam eine weiße Decke über Gehweg, Autos und Dächer legte.

Wie unberührt die Welt aussah, wie friedlich und rein. Herr Peichel wischte sich über die Augen, schob die Bilder weit weg, die auf einmal in seinem Kopf aufstiegen – und dann sah er sie kommen. Zum Schutz vor der Kälte hatte sie sich in einen langen dunklen Wollmantel gehüllt, der sich gut mit der Dunkelheit verband, gegen den Schnee aber einen scharfen Kontrast bildete. Sie trug einen hellen Schal, Mütze und Handschuhe. Alle paar Schritte blieb sie stehen und schaute in den Himmel. Sie war keine von denen, die sich über den Schnee ärgerten, die ihn als lästig und unangenehm empfanden, das konnte er sofort erkennen. Sie hatte es nicht eilig, aus dem kühlen Nass herauszukommen, ließ sich von ihm streicheln und einhüllen.

Er erinnerte sich an seine letzte Begegnung mit dem Schnee – es war vor ein paar Jahren gewesen, als er endlich wieder mit ihm Frieden schloss und sie ihre Freundschaft erneuerten. Damals hatte er erkannt, dass der Schnee die Welt erneuerte, dass jedes Jahr die Spuren des Lebens verwischt wurden und neue entstehen durften. Die ersten Schritte im Unberührten machten den Menschen gleichsam zum Entdecker eines neuen Lebens. Er fühlte, dass diese

Frau dort draußen das auch schon erkannt hatte. Ihr Umgang mit dem Schnee war gleichzeitig unschuldig und respektvoll. Herr Peichel hatte schon lange niemanden mehr so gern beobachtet.

Doch der Moment war viel zu schnell vorbei. Sie war an seinem Haus vorbeigelaufen und in der Dunkelheit verschwunden. Aber einmal hatte sie sich kurz umgedreht und es war ihm, als hätte sie zu ihm hinaufgeblickt.

Herr Peichel blieb noch eine Weile am Fenster stehen und sah dem fallenden Schnee zu, dann setzte er sich in seinen Sessel und nahm den Zauberberg vom Tisch.

»Es war das Nichts, das weiße, wirbelnde Nichts, worein er blickte, wenn er sich zwang zu sehen. Und nur zuweilen tauchten gespenstische Schatten der Erscheinungswelt darin auf.«

Der Schnee lag immer noch auf den Dächern, als Herr Peichel endlich aufblickte. Die Welt war eine andere. Eingedeckt, sanft und weiß gaukelte sie eine Unschuld vor, zu der sie niemals fähig sein würde. Er schloss die Augen und sah aufgewühlten Schnee vor sich, die Fetzen menschlicher Körper, das Rot, das sich mit dem Weiß verband. Rot wie Blut, weiß wie Schnee und schwarz wie Ebenholz, fiel ihm das Märchen von Schneewittchen ein, das er seiner Tochter früher einmal vorgelesen hatte.

Er schreckte aus seinen Gedanken auf, als er Schritte vor seiner Tür bemerkte. Das musste Martin sein. Er hörte wie etwas Schweres zu Boden gestellt wurde, dann einen Schlüssel, der sich im Schloss drehte.

»Herr Peichel«, rief Martin in die Wohnung.

»Ja«, brummte der Mann und gab sich beschäftigt.

Martin kannte das schon und war gleich in die Küche gegangen, um seine Einkäufe im Kühlschrank zu verstauen. Herr Peichel folgte langsam.

Martin war einer von den jungen Männern, die einmal in der Woche bei ihm vorbeikamen, um nach dem Rechten zu schauen und die Einkäufe für ihn zu erledigen. Im gleichen Rhythmus kam eine Putzfrau, die saugte und die Böden wischte. Herr Peichel hasste diese Momente, seitdem er in der Wohnung lebte.

Morgens erwachte er mit einem merkwürdig nervösen Gefühl im Bauch und das hielt meist so lange an, bis sie endlich wieder weg waren. Doch mit Martin war das etwas anderes. Er kam seit einigen Monaten zu ihm und Peichel empfand seine Gegenwart inzwischen nicht mehr als störend. Vielleicht war es einfach nur die Kontinuität, die den Umgang erleichterte, aber Peichel meinte außerdem zu spüren, dass er für Martin irgendwie wichtig war und nicht einfach nur ein Job, den man möglichste schnell hinter sich bringen musste. Vielleicht hatte er aufgrund seiner Jugend noch nicht verlernt, den Menschen hinter dem Fall zu betrachten. Peichel schätzte ihn auf nicht älter als fünfundzwanzig.

»Und, hatten Sie eine schöne Woche?«, fragte Martin, als er ihn kommen sah.

»Mmh. Hast du alles bekommen?«

»Natürlich. Brot, Butter, Käse, Salami, Ravioli«, zählte Martin auf.

»Und die Socken?«

»Klar, die hab ich auch. Gab sogar gerade welche im Angebot.«

Drei Paar schwarze Tennissocken lagen auf dem Küchentisch.

Herr Peichel entspannte sich. Aus Gewohnheit setzte er meistens noch seine alte grimmige Miene auf, wenn Martin kam. Dabei fand er es eigentlich ganz angenehm, mal mit jemandem zu reden. Letzte Woche hatte er Martin einen Kaffee angeboten, doch der war in Eile und musste es ablehnen. Gleich hatte er sich wieder zurückgestoßen und gedemütigt gefühlt. Vielleicht war er deshalb heute wieder in sein altes Verhaltensmuster zurückgefallen. Dabei war Martin doch wirklich anders. Peichel musste ja nur an die Anderen denken, um das ganz klar vor sich zu sehen. Einer hatte die Kiste mit den Lebensmitteln immer draußen vor der Tür stehen lassen, Peichel hatte Stunden gebraucht, bis er alles in die Küche gebracht hatte. Und dann waren da auch noch die gewesen, die unbedingt helfen wollten und ihre Nasen in Dinge steckten, die sie wirklich nichts angingen. Keiner von denen konnte respektieren, dass er diese Art Hilfe nicht haben wollte.

Martin griff die Müllbeutel und wandte sich zum Gehen. Seine blonden Locken ringelten sich im Nacken, sie waren, trotz der Kälte, die draußen herrschte, leicht feucht.

»Ich mache noch für einen Augenblick das Fenster auf. Nur dass Sie daran denken, es später wieder zu schließen.«
Peichel nickt und folgte ihm in den Flur. »Hast du Zeitungen mitgebracht?«
»Natürlich, sie liegen auf dem Kühlschrank. Zusammen mit der Post.«
»Kannst du sie mir noch auf den Wohnzimmertisch legen, bevor du gehst?«
»Klar.« Martin verschwand noch einmal in der Küche und kam mit einem Packen Zeitungen wieder.
»Vielen Dank, Martin, dann bis nächste Woche.«
Verlegen stand der junge Mann da. Peichel sah ihm an, das er noch etwas auf dem Herzen hatte, konnte aber nicht über seinen Schatten springen und ihm den Anfang erleichtern.
»Ich würde sehr gern mal mit Ihnen einen Kaffee trinken, wenn Sie Zeit dafür hätten. Ich wollte nur, dass Sie das wissen.« Unter seinen blonden Locken war er dunkelrot angelaufen. Peichel sah, wie unangenehm ihm das war, und trotzdem war er ihm dankbar, denn er wusste, er hätte nicht noch einmal den ersten Schritt machen können.
»Okay, Martin, dann bring doch den Müll runter und ich koche in der Zwischenzeit Kaffee.«
»Sehr gern. Ich beeile mich«, sagte Martin und schnappte sich die Tüten. Mit langen Schritten lief er zur Wohnungstür. Peichel hörte ihn die Treppen hinunterspringen, während er langsam in die Küche zurückging. Er setzte sich an den Tisch und legte die Krücken neben seinem Stuhl ab. Das viele Hin- und Herlaufen strengte ihn immer so furchtbar an. Dann öffnete er den Schrank und holte einen kleinen Topf heraus. Zum Glück hatte er nach dem Frühstück abgewaschen.

Martin betrat die Wohnung und schloss geräuschvoll die Tür. Er wollte, dass der alte Mann wusste, dass er wieder oben war. Langsam ging er in die Küche. Er hatte schon gemerkt, dass Peichel ihn für einen Moment aus der Wohnung haben wollte, und sich viel Zeit gelassen, unten sogar noch eine Zigarette geraucht. Ein bisschen komisch war ihm schon zumute.
Als er mit dem Job anfing, hatten ihn seine Kollegen vor dem sonderbaren alten Kauz gewarnt, sie waren aber natürlich davon

ausgegangen, dass er als Sohn des Chefs die angenehmeren Patienten bekommen würde. Doch der Name Peichel war für ihn kein unbekannter. Martin wusste, dass er einer der ersten Patienten seines Vaters war, als er vor fünfzehn Jahren die Firma gegründet hatte und dass er von einer gesonderten Stiftung Geld für ihn bekam. Über die Jahre hatte er einige Gespräche belauscht – nein, Peichel war kein Unbekannter.

»Martin, da bist du ja wieder«, riss ihn Peichel aus den Gedanken. Er hatte die Tür ins Schloss fallen hören und sich gewundert, wo der junge Mann so lange blieb. »Setz dich doch, der Kaffee ist gleich fertig. Leider kann ich dir keinen Kuchen oder etwas Ähnliches anbieten. Auf Gäste bin ich nicht eingestellt.«

»Dann sollte ich das vielleicht beim nächsten Einkauf berücksichtigen«, Martin lächelte. »Vielleicht bekommen Sie dann ja öfter Besuch.«

Auch Peichel musste lächeln, dabei verzog sich sein entstelltes Gesicht zu einer grauenhaften Maske. Die Haut spannte, machte den sinnlosen Versuch sich auszudehnen, doch die Narben ließen das nicht zu. Martin musste sich beherrschen. Er würde sich nie an den Anblick gewöhnen können. Die wimpernlosen Augen, die roten Stellen an den Brauen, die immer noch wie roh aussahen.

»Darf ich mal schnell Ihre Toilette benutzen?«, fragte er.

»Natürlich, geh nur, du weißt ja, wo sie ist.« Peichel holte zwei Tassen hervor und verteilte den Kaffee. Dann kam Martin zurück. Einen Augenblick saßen sie sich schweigend gegenüber, bevor Martin das Wort ergriff. Er erzählte von seiner Frau und seiner kleinen Tochter.

»Sie ist letzten Sommer drei geworden und geht ganz in der Nähe in den Kindergarten. Mein Schwiegervater passt tagsüber auf sie auf, weil wir beide berufstätig sind. Aber ich freue mich jeden Tag auf den Feierabend mit der Kleinen.«

»Wie heißt sie denn?«, fragte Peichel höflich.

»Merle«, antwortete Martin und bemerkte, dass Peichel auf einmal traurig aussah. Natürlich, schalt er sich innerlich für seine Unsensibilität. Sicher war er nun auch an seine Familie erinnert, dabei wollte er ihn doch in seiner Einsamkeit trösten und ihn nicht noch unglücklicher machen. Er wollte den alten Mann schließlich nicht verletzen.

»Entschuldigen Sie, habe ich etwas Falsches gesagt, geht es Ihnen nicht gut?«, fragte er besorgt. Sein Vater hatte ihm eingeschärft, dass Peichel nicht wissen durfte, dass er über sein Leben Bescheid wusste.

»Ja, mir geht es gut. Ein bisschen kaputt und müde. Vielleicht wäre es doch besser, wenn du jetzt gehst.«

»Natürlich«, sagte Martin und trank schnell den letzten Schluck Kaffee. »Vielen Dank für die Einladung.«

Er wollte die Tassen in die Spüle stellen, doch Peichel hielt ihn zurück.

»Lass nur«, sagte er, »ich mache das später, das hat keine Eile.«

»Also gut, wie Sie wollen. Dann bis nächste Woche. Auf Wiedersehen.«

»Tschüss Martin«, sagte Herr Peichel.

Als die Tür ins Schloss fiel, atmete Peichel auf. Das kurze Gespräch hatte ihn angestrengt und ermüdet. Er öffnete den Kühlschrank und sah hinein. Da lag alles, was Martin eingekauft hatte, ordentlich in den Fächern verteilt. Schnell legte er die Salami in das oberste Fach und schob den Joghurt in die Mitte des mittleren. Als er sich dabei erwischte, schämte er sich seiner Pedanterie. Martin hatte von seiner Familie erzählt. Er kehrte jetzt nicht in eine einsame Wohnung zurück, seine Frau und seine Tochter würden schon auf ihn warten und sich fragen, warum das heute nur so lange dauerte. Und dann würde er erzählen, dass er mit einem seiner Pflegefälle Kaffee getrunken hätte und dass der alte Mann nicht mehr in der Lage gewesen wäre, ein richtiges Gespräch zu führen. Er konnte das Mitleid in Martins Stimme hören, wenn er über ihn sprach. Wütend knallte er die Kühlschranktür zu – verdammt, er wollte dieses Mitleid einfach nicht. Er ärgerte sich über sich selbst, aber nicht so sehr über den Verlauf des Besuchs, sondern darüber, dass es ihm plötzlich so viel ausmachte. Jahrelang war es ihm gleichgültig gewesen, wer hierher kam und ihm seine Sachen brachte. Jahrzehntelang schon interessierte er sich nicht mehr dafür, was die Menschen über ihn dachten. Was war denn nur auf einmal mit ihm los? Er kehrte ins Wohnzimmer zurück, blieb aber in der Tür stehen und sah sich langsam um. Sein Heim, sein Zuhause. Was mochte es wohl auf andere Leute für einen Eindruck machen? Er hatte die Wohnung bekommen, als er 1946 aus dem Lazarett entlassen worden war. Seitdem war nicht viel an ihr gemacht worden. Die Wände waren in all den Jahren zwei- oder dreimal weiß gestrichen, durch den vielen Rauch aber immer schon nach kurzer Zeit wieder gelblich braun geworden. Die Möbel waren dunkel, die Vorhänge auch, viel Licht gab es nicht, vor allem weil er immer die Vorhänge zuzog, wenn er nicht gerade am Fenster stand. Sein alter petrolgrüner Lieblingssessel war schon ein bisschen speckig und die Dielen hatten auch schon mal bessere Tage gesehen. Das einzig Schöne im Zimmer war der große Schreibtisch. Er war ein Geschenk. An seinem fünfzigsten Geburtstag hatten sie ihn geliefert. Er wollte die Tür gar nicht öffnen, doch sie waren so hartnäckig gewesen. Immer und immer wieder klingelten sie, bis er es endlich nicht mehr aushielt. Als er sah, was da vor seiner Tür stand, wusste er, wer an ihn gedacht hatte.

Inzwischen war der Schreibtisch mit Büchern vollgepackt, die keinen Platz mehr in seinen großen Bücherregalen hatten. Nur in der Mitte war der Tisch frei. Hier saß er oft bis in die Nacht und schrieb. Er wusste nicht, wie viele Bücher er auf diese Weise schon mit seinen Gedanken gefüllt hatte. Sie standen nach Datum geordnet in zweiter Reihe, hinter den anderen Büchern seiner Bibliothek.

In den ersten Jahren hatte er sich oft eingeengt gefühlt, gefangen in seiner 40-Quadratmeter-Wohnung. Aber inzwischen ging es ihm eigentlich ganz gut in seinem kleinen Chaos, deshalb beunruhigte es ihn umso mehr, dass er sich auf einmal Gedanken darüber machte, wie er und sein Leben vielleicht auf andere wirken könnten. Irgendwie hatte er gehofft und auch erwartet, dass diese Phase seines Lebens inzwischen abgeschlossen wäre.

Jan Skudlarek
Digitaler Frühling
Gedichte

                  menschenscheue hotels,
die sich von ihren zugewiesenen
badeorten längst losgesagt haben. ich lege
dir einen zärtlichen

seeigel unters kopfkissen, das solltest du,
als stachelhäuter, nachvollziehen können.
nicht den leisesten schimmer haben wir
verpasst auf diesem datenmeer,

das uns scheintot und oberflächlich
gespannt zu füßen liegt. apathisch dösend
schon seit stunden on the rocks. und nicht
einen pfifferling

in den angrenzenden pinienwäldern
entdeckt, selbst mit nachtsichtgeräten
nichts. und wieder nichts. kein wunder
dass die mägen knurren

wie unterernährte wappentiere. und aus
der ferne hören wir das rumoren der
bulldozer; sie ziehen ihre bahnen durch
unser kollektives gedächtnis

mein kopf ist ein steakrestaurant, in dem
man seine henkersmahlzeit zu sich
nimmt. du kommst zu spät, es tut uns
sehr leid aber die küche

          ist leider schon geschlossen;
das personal beim feierabendbier. und
dabei wärst du vor hunger fast gestorben
bei ankunft

hatten meine halbherzigen versprechen
nämlich ihren nährwert bereits lange
verloren **höchstens ein nachgeschmack**
von alten äpfeln handseife

                    sonst nichts;
zu vermelden hatten die drahtamseln, die
im telegraphenamt unserer gehirne
malochten:

vorhinwarderhimmelnochschweineblau
gewesen, nun zieht es sich zu. farblich als
hättenwirbrunnentaubengerupftundmit
einer großen schwenkbewegung verteilt

                    wir befestigen lampions
an unseren schädeldecken. ein wenig licht
ins blätterdunkel, im herbst werfen wir
münzen

in den mundtoten wunschbrunnen; einer
von uns verliert folglich sein kleid. etwa
eine dreiviertel pulle merlot vergossen im
gesichtskreis

und die reime werden albern – du weißt
nichts, was ich nicht weiß. außer vielleicht
dass die muttermale auf meinem rücken
ein sternzeichen beschreiben

könnten würde man mit filzstift hierundda
etwas ergänzen. sich eselsbrücken bauen
aus treibholz und den letzten worten
atemlos angeschwemmter

                        meerjungfrauen.
doch die kunst zu memorieren geriet letzte
nacht in vergessenheit. bleibt so gesehen
nur das schreiben **in den augensand**

mein körper ist sand
im getriebe der stadt. morgens weiß ich
nicht, wo er aufhört und sie anfängt. es ist
auch nebensache

wie das schweigen der straßenhunde im
halblicht, ihre augen noch schläfrig und
schmal. oder der abwesende hörer in der
telefonzelle

mit den gebrochenen
glasknochen. wenn ich also zwei finger
aneinander reibe knirscht es auch im kiefer
ein knacken

es erinnert an versuche, **kirschkerne** zu
zerbeißen im garten damals bei
großmutter als kind. heute wenden wir
unsere wörter drehen sie bis sie passen

durch den fleischwolf (eine märchenfigur).
ich fletsche die zähne bis zum
gehtnichtmehr es ist ein zeichen der
zuneigung verstehst du

                         königskobras
verstecken sich in den gebüschen unserer
selbstvergessenheit, um die es vormittags
windstill geworden war.

von den dächern herab steigt die amnesie,
sie saugt das gift der erinnerung – erste
küsse, busreisen durch winterlandschaften
etc. – aus den wunden

            kindsköpfen. zur abendbrotzeit
haben wir dann unsere gute kinderstube
vergessen, zerdrücken alles zu brei mit
den handtellern

und schaufeln mit den fingern; da ist
nichts mehr zu retten, grauer einheitsbrei
geschleudert gegen die küchenwände ins
treppenhaus

langes echo. o. o. wir kriegen keinen biss
en mehr runter, es reicht: und deswegen
mach ich jetzt mal diesen **nachtisch** hier
kaputt

ich verschacher meine schneeblinden
hände du schreibst deinen preis in die
asche; sie ist wieder so hoffnungslos blau
wie aus mitleid

                               mit uns
blättert rost von den schalen der personen
kraftwagen. nachbarn parken ihre träume
in den torwegen

unserer schädel, die durchgänge sind
verstopft. zollhäuschen zwischen den
schläfen verstaubt. im dunkeln sind wir
striche

in der landschaft ein paar buchstaben nur
und das gras wird zum sarg – so läuft der
hase eben. welcher genau wurde uns
verschwiegen

                      wohl aus artenschutz
gründen. und dann eine schleife zurück
zum anfang: meine hände sind blind sind
auch **nicht auf den mund** gefallen

wir lesen das theatralische
nein das diabolische in den gesten besser
gesagt in den versen aus zweiter hand
gekleidet

in zitate, **schlagen uns die ganze nacht**
um die schläfen mit gedichten zwischen
mobiliar und nervenästen. sind nun
wirklich nicht auf den mund

geküsst worden zumindest heutnacht
noch nicht. wie denn auch, unsere lippen
sind bloße fiktion dem anschein nach
nimmt der mond sich uns

einzeln zur brust. wer könnte es ihm
verübeln dieser alte zechpreller zieht auch
nur sein ding durch. paar taler statisch
statistisch daneben

benommen jeder in seiner lieblingsbar,
die theken aus brettern ohne welt
bedeutung. was ich hineinritze klingt fast
wie poesie

digitaler frühling, die bäume verblühen ihr
neon nicht zum ersten mal. tiere bringen
klingeltöne unters volk, stoßatem im april
und hagelkörner

                      groß wie ostereier
(die vergleiche der meteorologen gleiten
zunehmend ab ins mythologische). nach
dem schauer kurzes trauern

um den lack der pkw, kleine krater, in
denen sich **von nun an regen** sammeln
wird. doch die show, sie must go on. zur
beruhigung konzentrieren wir uns auf das

                    selbstzufriedene surren
der bierkühlschränke in den kiosken und
dönerbuden; es ist ein leicht meditatives
geräusch, soundtrack für verhagelte lagen

im frühjahr. wir hören uns zum glück
nicht häufig satt. meine adams-augen sind
leuchtreklamen und du bist mein strom
ausfall

                    kammerflimmernde sonne.
wir sind ganz farblos geworden, aus
gebleicht von der plackerei im steinbruch
unserer gedanken.

das resultat ist mickrig, doch den stolz
können wir uns vor erschöpfung nicht
verkneifen. langsam lässt der abend sein
plastikbeil schweben

                         über dem genick
des tages; durch die schlitze der jalousien
fällt lächerliches licht, du mir ins wort.
schnell wird es spät

und wir kalken unsere körper zur besseren
sichtbarkeit im teer der nacht. kleben
gedichte und todesanzeigen mit links an
wind

schutzscheiben der autos, mal hier, mal
dort, die parkuhren **wie schilf** im schlaf
zimmer flüstert man das übliche, zb was
man sich im traum nicht gedacht

gitterfenster, deren stäbe sich allmählich lockern wie fahnenflüchtige milchzähne. genau das sind unsere augen in diesem bunten schnee

treiben auf den mattscheiben, die wir bewusstsein nennen. und zirpen zirpen hinter dem haus sind die zikaden aus schwermetall

      und der himmel eine bleidecke gegen die fingerdicken strahlen der röntgensonne. unter ihr pflegen wir ton tauben

gesund, die ein sportschütze nicht ganz erwischt hat. in den dämmerstunden dann eingepfercht im unterholz wir lecken unsere wunden

          bis sie glühen; die gitterstäbe der wahrnehmung. die nacht begräbt uns in ihrem tuschkasten. man schweige es aus die wandergruppe hat den zenit ihrer jahre bereits zur mittagszeit überschritten; nun bleibt nur noch der rückzug in golfhotels

die kontemplation der magnolienblüte und des sportkanals. fragen schweben über den abendstunden, wer hat den landlord ermordet

war's der gärtner oder war's diesmal doch der alk. ab und zu treiben wir's auf dem **green** in camouflage, unterlassen rückblickend

die eingelochten kalauer. ziehen uns zurück in die berge zum überschnappen buße tun wie dieser eine romanheld. als wir vom sauren regen

angefressen hinabsteigen erschrecken sich die pagen und geben fersengeld. die sterne kommen unerwartet angeschwommen ins bewusstsein, tagsüber, ein treppenwitz

gewiss, irgendwo

in flagranti der mond. als totenkopf schwärmer, genadelt
auf dem sammelkissen des morgens
treiben noch staubkörner der nacht. wir zählen sie
mit den fingern, die angeschwemmt werden
an den ufern des inneren auges. hoch ist die luft
feuchtigkeit im habitat unserer träume, gewiss, irgendwo blühen
die wecker der frühaufsteher auf
ihren beistelltischchen. wie fliegenpilze langsam geht die sonne
auf das bier ist kalt dein flaschenhals ist warm
und vor den fenstern gähnen noch die silhouetten
exotischer vögel. wir kauen uns gegenseitig
ein ohr ab es ist streckenweise so zäh

Jan Snela
Milchgesicht

Es war ein Mittwoch und Zeit für mein Milchbad. Aber die kantig verpackte, auf Höfen aus Eutern gesuckte, weiße, ich weiß: von Kühen für Kälber den dauerverdauten im Wind weh'nden Gräsern entschnaubte, geraubte, verrührte, maschinell Molkerei'n zugeführte, von Lastwäg'n in Supermärkte chauffierte Flüssigkeit reichte bei Weitem nicht aus, um damit meine Wanne vollzumachen. Ich holte noch Sahne und Schmand aus der Küche und schüttete sie auf die neunzehn Liter drauf, die Melchior, der Schrank, noch hergegeben hatte. Wie's aussah, würde ich Milch noch kaufen geh'n müssen. Nur wo?! Die Geschäfte hatten alle schon zu. Zur Tankstelle also? Im Grunde konnte ich's mir ja leisten. Hatte ich doch Monate mit dem Weißeln von Wänden verbracht und Geld wie Heu. Ich zog also los.

Bevor ich aufbrach, präparierte ich aber noch ein Stirnband.

Meine Freundin Karen hatte vor vier Monaten mit mir Schluss gemacht und beim Auszug alles mitgenommen: den Sandwichmaker, das Hochbett, den Vorgänger Melchiors ... Alles außer einer etwa vierzehn Zentimeter langen Messingschraube, mit der das Hochbett an der Wand befestigt gewesen war und mit der ich nun das Stirnband so sehr durchbohrte und mit Isolierband umwickelte, dass dort, wo vorher harmlos »Nike« gestanden hatte, nun ein Horn stand. Ich zog es mir auf und den Parka an und hinaus ging's.

O und draußen, da ... blühten die Linden! Nirgends lag mehr Schnee auf den Dächern der Autos, die leer, unanhebbar schwer, lautlos im Licht der Laternen, längs des Bürgersteigs, der mich hinantrug, matt schimmerten – es war Sommer geworden. Auf Armaturen lagen zärtlich per Einriss beschädigte Karten für Reggaekonzerte, auf Beifahrersitzen Bikinis, Bermudashorts, Schnorchel, Pappteller voller Marmorkuchenkrümel, zerknautschte

Zigarettenschachteln, auf Rücksitzen luftleere Schlauchbootschläuche und bierleere Flaschen, gläsern vertrunkene Limo und Apfelsaftschorlen, sommerwiesig, zumzerfieselnstundenzeithabig etikettiert. Gerührt und traurig, dass das Fest schon verrauscht schien, starrte ich in die sonst so rasenden Reliquienschreine, diese schneewittchenen, gläsernen Särge, in denen ein Mensch gewordener Sommer lag. Wäre ich ein Prinz gewesen, ich hätte ihn wachgeküsst. Ich hätte eine Scheibe eingeschlagen und eines der Autos geklaut. Wäre ich ein Dieb gewesen, wäre ich weggefahren, noch tiefer in den Süden hinein, in den Palmenwald menorcanischer Gefühle, der sich mir inwendig auftat. Ich lauschte der Gischt des Fernverkehrs, sah »den See« über Dächern, diesen Kristall des Vorschwebens, vom Schleifband himmelwärts gewundener Straßen geschliffener werden. Wie traurig, wie schön, wie erinnerlich und verrinnend doch dieser Abend war, und arglos, und wie er sich ganz leise schnaubend nüsternstupsig mitten in der Stadt gebärdete! (Der wippende Haselzweig, den ich meine.)

Die Tankstelle war ein schon von Weitem zu spürendes Glimmen von kleinen Stängeln, ein Pulsen des Safts in den Schläuchen, ein Sich-umdreh'n von Bäuchen, ein Kotzen von Schlangen in Tanks rein, ein in Gesichter geschriebenes Bangen, das Geld möge reichen, Verfluchung von Scheichen, Herumsteh'n an Teichen, in denen kein Fisch schwamm. Ein zarter Wind lag mir mit strotzendem Benzingeruch in der Nase. Ich musste niesen. Schon von Weitem sah ich, in Blazern und schreienden Hemden, die hinter ihre beatwummernden, türenschlagenden Schlitten geduckten, einander mit Zapfcolts bedroh'nden, Stutzen in seitliche, lackfarbumgrellte Löcher rammenden Kerle herumulkend um die Wette tanken. Vielleicht war's, rasanter, auch nur das Nacheinander rauchend volltankender Spaßpistoleros, aber die Sprache hier, der Erinnerung, ordnet mir alles zu gleißender Gleichzeitigkeit, Assonanz, und ich will sie gewähren lassen, will sie hier, im selben Satz noch, mich, den Spruch »Da geht das letzte Einhorn!« im Rücken, durch eine sanft sich aufschiebende Doppelglastür eintreten lassen lassen, ins Grelle.

Dann war es wie immer. Es ist wie mit Waren, die aber sehr wohl sind, hart und grell beworfen zu werden. Hart und grell und hagelnd. Eine Steinigung oder Kirschkernkissenschlacht der Viel'n gegen einen, der klein ist, nein schlaksig. Der schlaksige Kerl, der hereinkommt, hält sich die Arme vors Gesicht, um sich vor den aus allen Richtungen auf ihn zufliegenden Chipstüten, Zigarettenschachteln, Redbulldosen, Busenbegutachtbroschüren, Schokoriegeln, Weinflaschen, Sektflaschen, Bierflaschen, Kaugummipackerln, Magazinen, Gummibärchentüten, Blicken, Bierdosen, Boilern, Bachblütenbonbonbehältern zu schützen. Er heißt schlichtweg »Hannes«. Er geht nun auf die Verkäuferin zu. Alles, was er von ihr will, ist ein Lächeln und einen Kuss vielleicht. Und sie, die Schwarzhaarige, Geschminkte, von Beginn an Abwinkende, malt ihm mit einem Kugelschreiber (der kein Lippenstift ist) einen Strichcode auf die Stirn, setzt ihm ihre Infrarotpistole auf diese Brust vor seinem Hirn, das ein Herz ist, drückt ab. Es piepst lakonisch. Hannes erfährt, dass er gerade mal 95 Cent wert ist, und geht vor den Augen der Verkäuferin, die, ein Namensschild verrät es gerade noch, »Carmen« heißt, ein. Unter, der Boden verschluckt ihn.

Da stand ich also, in der Tankstelle, im Attacken-Bunt, und dachte dunkel an meine Wohnung. Wie verlassen sie jetzt schien. Wie fern und leer und möbliert nur mit Melchior und einem einzigen Stuhl. Und wie sehr auf diesem Stuhl mein Wohnungsschlüssel lag, und wie die drei sich ganz tonlos zuraunten, wo ich denn bliebe. Gerührt von diesem Wissen begann ich mich ein wenig umzutun in dem Shop, der der der Tankstelle war. Ich blätterte zwei, drei der Hefte. Recht reißfest war'n Tüten mit Chips drin. Ich roch am Rund einer Pringles-Dose und Dosen von Fett und Hydraten und Inhaltsstoffe studierte ich aufheul'nd. Prüfte Scheibenwischer auf ihre Intaktheit. Probierte einen Hupfball aus – bis der zu Milky Ways fiel, ins Regal, unterm Tresen. Da wusste ich wieder, gedischt noch vom Bild des Gedichten, weshalb ich ja hier war und: Milch war's!

O sie hatten Milch! Zwar nicht meine Lieblingsmarke, aber immerhin siebzehn Liter. – Aus dem zu stark, zu stark! kühlenden Tankstellenkühlschrank, doch ich sah mich schon, diese Not zu einer Tugend verarbeitend, in der Küche stehen und köchelnde Milch zu herrlichem Badeschaum boxen. Ich bat einen Mann mit

Muskeln, der in einer mit Redbulldosen gefüllten durchsichtigen Halbkugel wühlte, mir, wie ich mich ausdrückte, »mal eben sehr plötzlich einen Gefallen zu tun.« Er sah mir zuerst in die Augen. Dann auf mein Stirnhorn. Dann auf die Schuhe. Dann ins Gesicht. Dann auf dessen Ausdruck und sagte dann »O …« und dann »käj …« Ich führte ihn hin (zum Kühlschrank) und erklärte ihm, was und wie. Ich hielt meine Arme so, dass er in die Kehlen meiner Ellenbogen – wie Holzscheite – die Milchpackungen legen konnte, nahm aber vorher noch meine EC-Karte zwischen die Zähne. Er lud und lud. Sein Goldkettchen rutschte ihm am Stiernacken auf und ab, und er kam richtig ins Schwitzen. Ab und zu trat ich ihm leicht mit meinen federnden Schuhspitzen gegens Schienbein, um ihn anzutreiben, rammte ihm ein Knie in die Magengegend, um ihn zu animieren, schneller zu stapeln, verpasste ihm, was ich, befrachtet wie ich schon war, nicht konnte und deshalb unterließ, »a G'nackwoatsch'n«, damit es voranging. Es dauerte etwa fünf Minuten, bis wir fertig waren. Als er sich, mit mir zugewandtem Gesicht, rückwärtsgehend von mir entfernte, kam es mir so vor, als kannten wir uns schon seit Stunden. Ich entließ ihn mit einer Art würdevollem Nicken.

Caro, so hieß die Verkäuferin, hatte uns bei der Arbeit zugeschaut. Wir mussten das Bild zweier Holz zu holen sich bei einer Berghütteneinkehr erbietender Pfadfinder abgegeben haben. So etwas: männliche Sorge um ein Feuer, Holz holen, Holz hacken, Holz gekonnt in den Flammen positionieren, zieht immer gut bei den wollüstig fröstelnden, die Knie bibbernd aneinanderpressenden, antörnend unsexy in schlotternde Wollpullover gekleideten Frauen, die sehnsüchtig in die Glut starren und leise, zu scheu zu singen, zu angetan, um still zu sein, vor sich hin summen. Ich meinte, als ich mich anstellte, auf Caros sich aufhellendem Gesicht den flackernden Widerschein von Flammen und von fernem Sternenlicht erkennen zu können.

Zwei Longpapers-Käufer kamen noch vor mir dran. Dann griff sich Caro eine der Packungen von meinem wackeligen Berg. Sie ließ es piepsen, zählte durch und gab dann den Algorithmus *mal siebzehn* ein. Als sie mir die Summe, horrend war sie, nannte, hob ich die Brauen, um mich zu beschweren (wobei mir beinah das Stirnband hochgerutscht wäre!), und reckte dann meinen Hals mit dem Kopf, in dessen Mund die Karte steckte, in ihre Richtung. Caro nahm mir die Karte mit spitzen Fingern ab, was mir die Möglichkeit, »Danke« zu sagen, verschaffte, und steckte sie in den Schlitz des Apparats. »Geheimzahl bitte und zweimal bestätigen«, sagte Caro. Ich zog die Milch fester an mich und beugte mich vor. Mein Horn sauste auf die kleinen, leise aufpiepsenden Tasten nieder. Ein Bon wurde gedruckt. Ihn und die Karte im Mund verließ ich die Tankstelle.

Mit meiner weißen Fracht galoppierte ich durch die Nacht.

Julia Trompeter
Die Mittlerin

Aber gerade das Traurige und Hoffnungslose, das Garstige und Verrohte an Bernhard war es ja, was mich gerettet hatte, damals, als die Welt, als *meine* Welt um mich herum zusammengebrochen war, und um ihr das zu erklären, müssen wir unbedingt einen Kaffee zusammen trinken gehen, hatte ich zu der Mittlerin gesagt, die nicht wollte, dass ich rede, sondern dass ich schreibe, obwohl das, wie ich ihr zu erklären versuchte, im Grunde doch eines sei, ein einziger Vorgang, der seine Nahtstelle im Denken hat und den man nicht einfach auseinanderreißen darf. Dann waren wir doch durch die dreckigen Straßen von Kreuzberg gelaufen und hatten ein Kaffeehaus aufgesucht, eines, das dem Wiener *Hawelka* möglichst nahekommen sollte, damit ich, damit *wir* uns einfühlen können sollten, denn Bernhard war, wie die Mittlerin unmittelbar einsah, ein hochsensibles, man könnte sagen, ein zerbrechliches Thema, das wir, um es nicht zu zerreden, am besten in einem Kaffeehaus zur Sprache bringen sollten, dort, im Geklapper alter Kannen, würde es sich vielleicht heimisch fühlen, würde es die hallenartigen Wände emporsteigen können wie Pfeifenqualm, sagte ich zur Mittlerin und ich sah, dass sie angesichts dieser vorzüglich gewählten Metapher meinerseits wieder Hoffnung schöpfte, Hoffnung, dass ihre Hoffnungen in mich nicht in den Wind gesetzt waren, natürlich nur, sofern es möglich ist, auf die Hoffnung zu hoffen. Vielleicht ist dieser Gedanke gar nicht schlecht in Bezug auf Thomas Bernhard, dem vielleicht auch das Hoffen auf die Hoffnung angelegen sein könnte, zumindest ließe sich das wohl aus der ein oder anderen Passage in *Ja* so erschließen, weil nämlich, ja weil doch der Ich-Erzähler, als er sich also aus seinem Haus, das er sich selbst aus einer Ruine zu einem Haus wieder instand gesetzt hatte, hin zum Realitätenhändler Moritz begibt, nicht voller Hoffnung zu ihm geht, sondern vielmehr völlig desperat, in einem durch und durch verzweifelten Zustand zum Moritz'schen Haus sich begibt, ja, es tatsächlich selbst wie eine Begebenheit empfindet, dass er nun diese letzte, allerletzte Hoffnung auf Hoffnung wahrnimmt, um sich, so viel darf vielleicht gemeint werden, vor dem letzten und endgültigen Ende seiner Existenz zu bewahren. Dabei fällt mir gerade auf, dass die Geschichte um den Schweizer und seine Lebensgefährtin da in Bezug auf das Haus ganz und gar parallel konstruiert zu sein scheint zu der des Ich-Erzählers, weil ja *beide* in völlig verrottete Häuser einziehen, die sie *beide*, wenn auch zu unterschiedlich hohem Preis, von dem Realitätenhändler Moritz eingekauft haben. Und da frage ich mich jetzt, ob der Bernhard das wohl von vornherein so geplant hat, also ob er für *Ja* einen Plan aufgezeichnet hatte, schon bevor er mit dem Schreiben begann, oder ob ihm die Parallelität dann doch erst später in die Augen gefallen ist, so wie sie mir jetzt, gerade in diesem Moment in die Augen fällt, oder er sie vielleicht gar nicht bemerkt hat, weil sie vielleicht für das Wesentliche der Erzählung gar nicht von Bedeutung ist, sondern mehr eine Koinzidenz, die man eben bei der Prosa manchmal nicht verhindern kann, weil man ja Welt abbilden will und Welt eben zufällig funktioniert und ihren Sinn nur durch Deutung des Zufalls erlangt, nicht aber in sich selbst trägt, und wenn doch in sich selbst trägt, dann als eine Art passives Vermögen, dass erst durch die Veranlassung des Schriftstellers seine Form erlangt.

Solche Fragen interessieren mich eben, sage ich der Mittlerin, die sehr wenig trockenen Sherry in einem sehr großen Glas bestellt hat, der gut zu ihrer trockenen Art passt und ihr den nötigen Schwung verleiht, jetzt einmal kräftig meine Hand zu nehmen, sie zu drücken und zu sagen: *Ja, da haben Sie doch etwas, wofür Sie sich interessieren*, so als wäre das eine gute Grundlage zum Schreiben einer Prosa, wenn man sich fragt, wie denn das überhaupt funktioniert mit dem Schreiben einer Geschichte und ob es das mit dem Plot denn überhaupt braucht oder ob das mit dem Plot nicht überhaupt ein einziges Missverständnis ist, eines, das noch von einer Fehlinterpretation der aristotelischen Poetik herrührt, aus der man den Begriff *Mythos* herausgenommen und als Geschichte oder Plot sich übersetzt hatte, ohne im Geringsten zu bedenken, dass Aristoteles den Mythos eigentlich ganz anders bestimmt, als eine Zusammenfügung von Handlungen nämlich, einzelnen Handlungen, die dann ein Drama ergeben, eines, das er wiederum als eine Handlung verstanden wissen will, also eine Handlung, die aus Handlungen besteht, und die beispielsweise gar keinen Erzähler braucht, weil Erzähler nämlich ganz und gar und völlig renitent und überflüssig, langweilig und autoritär sind, was aber Aristoteles so nicht ausgeführt hat, weil er eben ein feiner Mann gewesen ist, dem Kraftausdrücke fremd gewesen sind, zumindest in dem, was heute von seinem philosophischen Werk noch überliefert ist. Ob er auf der Straße geflucht hat, das weiß natürlich niemand.

Bei *Plot* denke ich immer an Liverollenspiele, wo Bankangestellte als Ritter Lanzelot durch das Bergische Land toben und einen Drachen finden müssen oder einen Schatz mit goldenen Talern darin und einer Karte, auf der eine geheimnisvolle Burg eingezeichnet ist, die sie finden müssen und in der es von gemeinen Hexen, Elfen und Trollen nur so wimmelt. Die sogenannten NSC, das sind die Nicht-Spieler-Charaktere, haben davor und währenddessen eine Heidenarbeit, dafür zu sorgen, dass die Spieler dem Plot auch Folge leisten und alles so machen, wie es sich der Erfinder des Plots vorher ausgedacht hatte, aber es passieren immer unvorhergesehene Dinge dabei, dass der Schatz zum Beispiel, bevor die tapferen Ritter seine Existenz auch nur erahnen, von einem Wildschwein ausgegraben und durchwühlt wurde oder dass ein Ritter lieber mit einem der Burgfräuleins im Zelt verschwindet, er aber vom Plotschreiber eigentlich als der Auserwählte konzipiert war und nun alles durcheinander gerät, bis von dem Plot nicht mehr viel übrig bleibt und alles nicht mehr *Rolle*, sondern nur noch *Live* ist, bis die ganze Ritterschar mitsamt Schankweibern und Burgfräuleins vom Honigmet betört auf dem Waldboden liegt und schläft. Also wenn sie *meine* Poetik hören will, sage ich zur Mittlerin, spreche ich leise zischend in die Richtung ihres wohlgeformten Ohrs, wenn sie meine hören will, so gibt es zwei Antworten, entweder, ich habe gar keine oder es ist eine Poetik des Chaos und der Irrfahrten, wie in der *Odyssee* zum Beispiel, die, das weiß ich genau, der Aristoteles ganz prima gefunden hat, weil Homer seine Protagonisten eben handeln lässt, nicht mit Schmuck oder Drogen, oh nein, sondern in Taten. Handeln in Taten, das sollte man den Geschäftsmännern und Geschäftsfrauen mal anraten, dann wären sie völlig aufgeschmissen, und was, wenn es mehr Leute gäbe wie den Schweizer, der das kalte, nasse und ungastliche Grundstück am Friedhof kauft, ohne zu handeln, teuer, nein viel zu teuer kauft, ohne zu handeln, selbst als der Realitätenhändler Moritz ihm einwandfrei und grundehrlich abrät von dem nassen Grundstück, kauft der Schweizer es ihm einfach ab, eine Handlung ohne Handeln, eine Tat ohne Handeln, wobei das nicht ganz richtig ist, oder zumindest von mir, die ich ja gerne etwas *hineinmeine* in die Prosa, hier und jetzt bezweifelt, in Frage gestellt, herausgefordert wird, indem ich von Bernhard gerne wissen würde, warum er das so sehr und immer wieder betont, dass der Schweizer das Grundstück auf jeden Fall und ohne zu handeln kaufen will, und ob er, Bernhard, das vielleicht so arg betont, damit, so meine Vermutung, damit es nachher um so fürchterlicher erscheint, wenn klar wird, *warum* der Schweizer das Haus kaufen wollte und dass er es gar nicht selbst bewohnen wollte, sondern als einen großen feuchten Sarg gekauft hat, in den die Perserin, seine Lebensgefährtin, dann alleine einzieht, weil er sie hasst, und weil ich nicht weiß, warum er sie hasst.

Hass ist kein rationales Gefühl, da gibt es kein *Warum*, da gibt es nur ein *Dass*, beruhigt mich die Mittlerin, während sie überaus plastische, ja, perfekt dreidimensionale Rauchkringel ausstößt, die die nachgedunkelten Tapeten mit den gelben und orangen Streifen hinaufkriechen, als wären sie ätherische Raupen von einem anderen Stern. Denn natürlich handelt er da, der Schweizer, er handelt gerade durch den Verzicht auf das Handeln, denn indem er das Haus so schnell wie möglich kaufen möchte, verhandelt er im Stillen mit seiner Lebensgefährtin um ihre Abschiebung, doch es bleibt unklar und wage, warum er sie nun, nachdem sie sein Potenzial erkannt und ihn berühmt gemacht hatte, warum er sie nun so sehr hassen muss, was nun vielleicht aber sein könnte, ist, dass der Hass Selbsthass ist und er sein Potenzial, das er nur deshalb verwirklichen konnte, weil die Perserin ihn erkannt hat, sie ihn und in ihm etwas erkannt hat, was ihm sonst verborgen geblieben wäre, dass er also dieses Potenzial hasst und deshalb auch sie hasst, weil sie das Potenzial in ihm zum Leben erweckt hat. Bei der Joana ist es ja genau dasselbe gewesen, nicht wahr, in *Holzfällen*, die Joana, die ebenfalls ihren Mann, den Fritz, zu einem großen und *internationalen Tapisseriekünstler* gemacht und dann, als es ihr gelungen war, von großer Niedergeschlagenheit erfüllt gewesen ist. Denn die Joana hat das Werk des Fritz genau wie die Perserin das Werk des Schweizers erst in ungeahnte Höhen getrieben, bis sie es selbst hasste, denn indem sie ihn erhöhte, hat sie sich selbst erniedrigt, wobei es überflüssig ist zu erwähnen, dass auch die Joana ein feiner und intelligenter, ein künstlerischer Mensch gewesen ist, der sich selbst eben verkümmern ließ. Aber nein, die Lösung ist in Bezug auf die Perserin vielleicht noch eine andere, viel einfachere und klarere, denn weil die Perserin, auch Lebensgefährtin genannt, sein Potenzial erkannt und den Stein seiner Entfaltung ins Rolle gebracht hat, hat sie nun ausgedient. Das *Ergon*, das Ziel, die Sache, der Zweck, sie alle sind nun erfüllt und die Perserin, auch Lebensgefährtin genannt, hat sich *qua* dieser Entdeckung nun selbst arbeitslos gemacht, was er, der Schweizer, und sie, was er und sie beide wissen, ja, was ihnen mit einer solchen Deutlichkeit vor Augen steht, dass es keiner Diskussion mehr darüber bedarf, dass das Unglück nun schweigend seinen Lauf, der in einem Handeln liegt, nimmt, ja nehmen muss, weil der Schweizer es der Perserin nicht vergelten, es ihr nicht wieder geben, sich nicht revanchieren kann bei ihr, denn die Perserin ist ein musischer und philosophischer Mensch, ein feiner und gebildeter und durch und durch morbider Charakter ist die Perserin, der der Schweizer nichts eingeben, an dem der Schweizer nichts, aber auch gar nichts zum Laufen bringen kann, denn sie ist ja keine Uhr, deren Rädchen man nur aufziehen muss, sondern einfach ein hauchfeiner Mensch mit, im Verhältnis zum Schweizer, völlig anderen Begriffen, die zu den seinen, so denke ich, so stelle ich es mir vor, inkompatibel, ja eigentlich nicht mal ansatzweise vergleichbar sind. Mit diesem *Ergon* ist es ja auch überhaupt ganz allgemein so eine Sache, wollte ich mir es einfach machen, würde ich sagen, dass es der eine eben hat, so ein *Ergon*, so eine persönliche Entfaltbarkeit, wie ein ausziehbarer Tisch, der dann, wenn der Augenblick da ist und er gebraucht wird, mit einem Mal zur *Tafel* wird und in einem anderen, völlig neuen Verweisungszusammenhang auf einmal in seinem edelsten und tatsächlich phänomenalen Licht dasteht, zwar noch auf vier Beinen, aber das ist auch alles, was diese Tafel mit dem Tisch, der sie vorher war, noch gemeinsam hat: Wo zuvor *gegessen* wurde, wird jetzt *gespeist*, oder *getafelt*, woran man vorher *gesessen* hatte, wird jetzt *platzgenommen*, und worauf man gerade noch seine Ellenbogen gestützt hatte, berührt nun das Handgelenk kaum mehr die Platte. Dass also der eine ein *Ergon* hat und der andere eben nicht. Wie ja auch manche schielen und andere ein Fahrrad besitzen, wieder andere aber, wie zum Beispiel ich, weder das eine noch das andere von sich behaupten können, und auch gar nichts vermissen dabei, oder zumindest so lange nichts vermisst haben, wie sie über die Existenz so eines *Ergons* überhaupt gar nicht und nicht im Geringsten informiert gewesen sind, bis einmal an einem *eigentlich* ganz schönen Tag jemand da steht, vor irgendeiner Tür, die man öffnet und noch ehe man sie wirklich ganz geöffnet hat, schon wieder schließen will, und zwar auf der Stelle, weil es einen durch das Gesicht, durch das ganze Wesen des Gegenübers so komisch anweht, dass man gleich ahnt, hier stimmt aber etwas ganz und gar nicht, will mich jemand wohl aus meiner angestaubten, lyrischen Ruhe *befreien,* noch dazu jemand, der nichts dagegen hat, dass Schriftsteller heute ihre rothaarigen Protagonistinnen *die Füchsin* nennen dürfen, ohne dass man ihnen dafür gleich die ganze Lizenz zum Schreiben abnimmt, wenn es eine gäbe, was vielleicht besser wäre, wie man sagen könnte, wäre man denn bitterbös, ein *bitterböser* Schriftsteller, der ich also, um es abzukürzen, werden sollte. Dies jedenfalls hält sie schließlich für mein Ergon, die Mittlerin, die mir gegenüber auf einem braunen Holzstuhl sitzt, wenig Sherry aus einem großen Glas trinkt und mir Mut macht für *das Projekt, das ich nicht aus den Augen verlieren* darf, an dem ich *dranbleiben* soll, aus dem *richtig was werden* könnte, wo ich doch noch *jung* sei und *gänzlich unbekannt,* aber *gefährdet* durch mich selbst, diese *riesen Chance* zu verpassen, die sie da für mich am Horizont sieht, und in ihren weit aufgerissenen, beinahe orangefarbenen Augen spiegelt sich der Schatten eines Ergons, welches, wie sie weiß, dass ich weiß, dass sie weiß *mein Ergon* ist, und wir *steigern uns eine Weile lang richig rein* in diese *vielen, unendlich vielen Spiegelungen, bis auf einmal alles, der ganze Text kursiv gedruckt ist und diesem ganzen Prozedere dringend Einhalt geboten werden muss, weil,* ja weil es hier schließlich nicht um mich, sondern um Thomas Bernhard gehen soll, der mich, so viel darf hineingemeint werden, gerade erst aus alledem gerettet hatte.

Ja und wovor hatte er mich nun gerettet, der Bernhard, als also meine Welt, die ja, wie oben irgendwo erwähnt, was einem in einem Gedicht übrigens kaum passieren kann, da man dort die *Synopsis*, also den Überblick, viel besser und leichter behalten kann als in der Prosa, es sei denn, man schreibt, was ich nie getan habe, Langpoeme à la *Wasteland*, was wie ich finde schon im Titel die Gefahr des Ausgleitens und Abschweifens, des *Zumüllens*, ganz wunderbar herausstellt, die ja als Welt bereits in allen erdenklichen Scherben und Splittern zerborsten da lag. Vor dem Zerbersten also hatte Bernhard mich nicht gerettet, denn dazu war es, wie das *Präteritum* nahelegt, zu dem Zeitpunkt als mir *Ja* unter die Augen trat, schon um einige Längen zu spät. Vielleicht hat er mich vor dem Versuch eines Wiederzusammenbaus bewahrt, sage ich der Mittlerin, die *mehr darüber wissen* will, die es einen guten Anfang für einen Roman findet, mit dem Zusammenbruch von etwas zu beginnen, mit einem Haufen Scherben eben, der erst einmal da liegt und *gut präsentiert*, einen hervorragenden Start für alles weitere Geschehen abgibt, einen Start, aus dem man doch was machen, von dem aus man *überallhin* kann, weil einen doch ein Scherbenhaufen viel weniger einengt als ein durchkonstruiertes Gerüst, das einen einschnürt wie ein Korsett. Aber selbst das noch kleine und zarte Kind hat doch, so ich zur Mittlerin hingewandt, wiederum nun, da es Abend und die Streifen auf der Tapete dunkler geworden war, durch die Intimität der Abwesenheit von Licht in eine unbewusste Stimmung der *Gesprächsempfänglichkeit* katapultiert, selbst dieses Kind, lassen wir es vor einer Kiste mit Legosteinen zum Sitzen kommen, hat doch eine gewisse Vorstellung davon, was es aus diesen Steinen bauen will, bevor es loslegt, also zumindest wird es wohl wissen, ob es *eher* ein Schiff, einen Stall oder eine Marsstation bauen wird, auch wenn man, das gebe ich zu, eventuell hinterher den Stall von der Marsstation nur schwerlich unterscheiden kann, weil man ja, wie das kluge kleine Kind vielleicht heimlich begriffen hat, beides als eine Art der Behausung verstehen und somit mit einem Dach und das Dach tragenden Wänden versehen kann und somit, durch das bunte und einförmige Plastikmaterial und also aufgrund der Phantasielosigkeit der Spielzeugindustrie gezwungen, zu gewissermaßen einförmigen und immer gleichen Bauten geraten *muss*, wofür das Kind aber gar nichts kann, denn es hat sein Bestes daran getan, die Idee, die es im Kopf hatte, in den ihm gegebenen Möglichkeiten, seinem Stoff, nämlich den Legosteinen, so gut es geht zu realisieren. Während aber ich genau im umgekehrten Problem verstrickt bin, weil ich den Stoff, also die Sprache, als solche ganz gut finde und auch nicht einförmig, sondern vielgestaltig und schillernd wie einen Guppy, mir aber nun eben jede Idee abgeht, etwas aus diesem Stoff zu formen, weil ich es auch schwierig finde, ganz ehrlich, die Sprache da zu etwas anderem werden lassen zu wollen, so als wäre sie selbst alleine gar nichts wert, und selbst wenn ich mir nun vornehme eine Prosa zu schreiben, so ist das ja viel unkonkreter als jede Marsstation es je sein könnte und schon deshalb ist der Plan eines Romans sozusagen schon in den Voraussetzungen gescheitert. Und eben das hatte Bernhard mir ja gerade auch noch einmal in aller Deutlichkeit vor Augen gestellt und wenn die M. ihren Liebling halt schütteln will, dann soll sie ihn eben schütteln, beim Würfeln hatte ich nie Glück, ebenso wenig wie in der Lotterie oder beim Streichhölzerziehen, die Kontingenz ist eben nicht gerade meine Stärke, da solle sie, die Mittlerin eben jemand anderes fragen, jemanden der es vermöge aus dieser Welt eine Geschichte zu machen, einen Baumeister, einen Demiurgen mit viel Mut und Optimismus, denn das brauche man dazu wohl auch, und es sei mir eben der Bernhard nun doch kein solches *Kindermutmachlied*, kein *Mitmachbeispiel* gewesen, vielmehr habe er mich, wenn er mich denn etwas gelehrt habe, den Verzicht gelehrt. Ich wolle nicht in den Reigen der Prosaschriftsteller einsteigen, nicht meinen plattgesessenen Hintern auf Lesungen und Preisverleihungen noch platter sitzen, vor allem aber wolle ich, und das sei jetzt tatsächlich mein letztes Wort zu dieser Sache, wolle ich keinen Roman schreiben, nein tatsächlich, das sei einfach nichts für mich, da steige ich aus.

Regen hatte eingesetzt und die Mittlerin lehnte sich zurück. Ihr Haar, das eben noch feuerrot geleuchtet hatte, war nun kastanienfarben geworden, überhaupt hatte sie bei Dunkelheit ein anderes Aussehen bekommen, milder und weicher als zuvor. Ob meine Rede sie beeindruckt hatte, ließ sie sich nicht anmerken, sie schwieg, als lausche sie auf den Regen, und auch mir kam es mit einem Mal so vor, als sei der Regen eine Art Nachhall auf meine Worte, eine Reaktion wie der Applaus nach einem Theaterstück. *Katharsis*, dachte ich, *Katharsis* ganz ohne Mitleid und Furcht, aber vielleicht stimmte das gar nicht und sie hatte Mitleid mit mir gefühlt und zugleich gefürchtet, meine Worte könnten sie überzeugen und auch ihr allen Mut bezüglich ihrer Profession nehmen. Dafür aber war ihr Körper nun entspannt in den Sitz gelehnt und mit einer nachlässigen Handbewegung orderte sie einen weiteren Sherry, als hätte sie in ihrem Leben nichts anderes getan, als so miteinander zu sprechen, wie wir es gerade getan, oder besser, wie ich es getan hatte, denn sie hatte, wie mir plötzlich auffiel, den ganzen Abend kaum mehr als ein paar Sätze eingestreut, während ich meinem Empfinden nach unendlich viel gesprochen hatte, so viel wie ich es in den letzten Wochen insgesamt nicht getan hatte. *Wissen Sie,* sagte die Mittlerin, *irgendwie tut mir Ihr Starrsinn gut.* Sie lachte ein wenig jungmädchenhaft, obwohl sie einige Jahre älter war als ich und selbst ich beim besten Willen nicht mehr als Mädchen durchging, aber ihr Lachen wirkte natürlich, leicht und verständnisvoll, als sei an der Situation, in die ich uns durch meine Rede hineinkatapultiert hatte, nicht Ungutes oder Unangenehmes, vielmehr waren alle Uns und Abers plötzlich aus dem Raum verschwunden, und die Musik setzte wieder ein, als hätte sie die ganze Zeit über gestockt und fände nun erneut in ihren Rhythmus, es war ein ruhiger, fast schläfriger Jazz, vielleicht *Dave Brubeck* oder *Wes Montgomery*, aber wer wusste das schon.

Levin Westermann
Schimmelpilz als Zwiebelmuster
Gedichte

I – unbekannt verzogen

maschinenzeit; aus
den ästen tropft das erste
licht des morgens und der
wind bringt neue namen für
drei dinge, die wir einstmals
anders nannten. der stumme
winkel den zwei wände bilden,
wenn sie sich in deinem
rücken treffen, um ein schweigen
zu beschliessen, wenn du dich
leidlich windest, zwischen
wiederkommen und verharren. die
stimmen, die dich endlos teilen,
um sich allmählich einzunisten,
ein konzentriertes zittern vor
dem beben tief im schlund. türen
fallen von den kacheln und
verschliessen orte, welche nun
im dunkeln liegen oder aber,
hell erleuchtet, unsichtbar
auf antwort warten. grüne augen
oder blaue augen beim morgendlichen
häuten auf rezept. es riecht nach
putz und all der zeit im teppich,
riecht nach seife, riecht nach
kaffee und nach dreck. vom balkon
siehst du das meer, abzüglich
der fluchtbewegung in die tiefe;
vom balkon hörst du den sand,
zuzüglich des glockenschlags

um zwölf. mit spuren auf dem torso
und steinen in den taschen,
all die dinge, die du fasst, bis
sie dich schliesslich fassen, viel
haben, abzüglich des seins und
du legst noch eine decke um
die schultern, denn plötzlich
ist dir kalt im mund.

————

diese zimmer sind jetzt leer und
diese schritte, wie sie hallen, von den nackten wänden;
wie die buche und der himmel durch das fenster blicken
und den freien platz bewundern, all den raum zwischen
parkett und decke; wie die dinge, die jetzt fehlen, ihre
schatten hinterlassen und ein jedes seinen umriss wirft
mit schwarz; dieses echo, peripher im augenwinkel, von
der zeit belichtetes papier aus netzhaut und tapete.

————

irgendwann stand hier mal ein tisch und
irgendwann sass man hier auf stühlen, wurden
worte angeordnet für den morgen, faltete man
träume für den späteren gebrauch bei dunkelheit
und/oder nacht; hantierten finger mit dem
guten herend, reflektierten hohe fenster ihre
menschen und das licht, das sie umgab; galt es
sich die schuhe auszuziehen und die hände
gut zu waschen – die hände gut zu waschen! –
vor dem essen; das heisse wasser auf der
roten haut und harz unter den nägeln, von
irgendeinem baum im freien.

————

schaubild nummer drei-
undachtzig: gedanke – kollabierend – im augenblick
der stille. mit kohlestrich gezeichnet und gerastert,
das grosse ganze, reduziert auf einen wald aus
schwarzen punkten. die zeit wird hier nur vertikal gemessen,
das fundament steht kopf, hat einen riss von akzeptabler
schärfe;
und du zählst die stufen auf dem weg nach unten. am
zweiten tag findest du wasser, am dritten licht;
deinen namen bleibst du, bis zum ende, schuldig.

---

im flur liegt eine kalte spur aus stille und
an die nase dringt ein hauch von unbekannt verzogen.
dielen wälzen sich im schlaf und künden von den stimmen,
der musik und auch dem lachen, früher, in der luft; und
wenn man annimmt, dass es blumen gab in dieser bleibe –
und warum nicht – so künden jene dielen auch vom fehlen
dieser blumen, von den farben ihrer blüten und dem buket
der farben an den fenstern; und wenn man annimmt, dass
das holz der dielen nie vergisst – und warum nicht – so
ist es eine elegie, so kündet all das knarren von der zeit
in enger nachbarschaft, dem liegen mit dem einatmen, dem
ausatmen, dem bis-dass-der-tod-euch-scheidet schweigen.

---

let A equal acceleration and
let T equal time: insomnia, flüstert eine stimme aus
dem off. regungslos im freien fall, der schwere druck auf
deiner brust und das t-shirt inside out, die haut, zum teil,
darunter. ein schwarzer hund streicht um das haus und die
geräusche schwinden, sie verlassen den kokon aus glas und
alle sinne, wie in watte und auf eis. es gibt dämmerung
und es gibt nacht; nichts davon ist ungefährlich.

---

es ist
ein schleichender prozess; der
herzschlag hält dich wach und
wahrscheinlich ist es gras, das
hörbar wächst vor deinem fenster.
die angst vor den maschinen,
ihrem brummen – electricity! –
und das gefühl sich aufzulösen,
zu zerfasern, wie ein altes hemd
oder ein teppich, in einer nacht
mit schwerer grammatur. bewegung,
schwarz auf weiss, und ein lächeln,
wie ein sonnenfleck, verhältnismässig
kalt; und auch der hagelschauer ist
ein teil, klopft wütend an die welt
an deiner statt.

———————

der schimmelpilz als
zwiebelmuster und unter den schuhen knirscht keramik.
ein halber spiegel über einem loch mit armatur und
die wanne, bis zum rand gefüllt mit schutt und damals.
wortlos quittierst du den verlust einer dekade und
lautlos krabbeln silberfische, sterben zellen, fällt
licht durch fenster auf verlebte tage und
überall, ungebunden: staub.

———————

die gegenwärtigkeit
ist versetzt mit schwarzer tinte;
du träumtest dir den riss der wolkendecke und
du schwammst in einem see aus subtraktiven farben,
du verirrtest dich in einem wald aus körperwärme
und der geruch der steine haftete noch lang an
deiner haut, so fandest du den weg zurück, aus dem
geflecht der narrativen freiheit und immer wieder
nahmst du einen zweig des toten baums und schnittest

dich ins eigne fleisch, erntetest das harz aus deinem
leib und verschlossest dann die frisch gesäten furchen;
aus dem flug der fremden vögel konstruiertest du
den himmel und aus dem nicht-flug fremder nicht-vögel
abstrahiertest du das land, du klettertest auf berge
aus bitumen und entdecktest einen kontinent aus teer
und immer wieder zähltest du die sterne, zur kontrolle,
und immer wieder zähltest du dich selbst, aus angst,
und immer wieder kehrtest du zurück an diesen ort und
erkundetest den letzten dunklen winkel, determiniert/
instinktgesteuert, denn entfernung und distanz
sind die währung aller sehnsucht.

———

das verlangen
nach den leeren räumen, nach den wänden –
vier – einem boden, einer decke, einem puls.
alles schweigt und alles spricht, die sprache
stösst an ihre grenzen, der blick verliert den
halt und sinkt, versinkt im sand – a faded photo
marks the spot – sepia, und dann: ein zaun und
hinter einem zaun, ein haus und hinter einem haus,
der ganze rest, die welt, mit ohne sinn und
der winterregen löscht die landschaft, ein
flurstein kippt im auge des betrachters.

———

aus ton wird
unton, wird tag, wird
immer wieder nacht. das
blut unter der kruste
und der ganze rost, erst
innen, dann nach aussen.
eine frau trägt einen
falschen schatten, wind
erfasst die fasern und
verdünnt das blau

der augen; jemand lacht
und du daneben, die
notwendigkeit des atmens
nimmt dich wunder. zehn
fingerkuppen in zinnober,
das licht bricht auf
dem laken, öd' und leer;
du kennst ihn nicht,
den körper, du wartest,
bis das fieber bricht.

---

durch einen riss
in deiner haut ist ferne in dich eingetreten; du
öffnest deine augen und du stehst allein, abseits der
dinge, die in ihrer summe eine welt ergeben. du stehst
getrennt von gedanken und geräuschen und was dich trennt
bist du. du öffnest ein zweites mal die augen und erwiderst
deinen blick: kaltes fleisch, wie auf den leib geschnitten
und plastikplane, die im wind an eine mauer schlägt. das
verstreichen der zeit als körperfunktion eines gottes,
denkst du und atmest ein und atmest aus;
die nacht geht auf, am rand
wird es schon dunkel.

II – zwischenspiel

der höhenunterschied
bedingt die perspektive

du siehst die felder nicht
du siehst die wälder nicht

du siehst weder die flüsse
noch die seen noch das meer

und
die berge sind dir fremd

was du siehst
das ist ein schwarzer punkt

weit weg

und was du bist
das ist ein schwarzer punkt

weit weg

jedoch nicht dieser schwarze punkt
hoch über den wolken

denn du bist nicht der falke
rot-geschultert vogelfrei

denn du bist du
asphaltfixiert und erdverbunden

der blick im winkel
diesseitig betonverankert

―――――

III – à vue d'oiseau

blindflug ohne kompass, ein
punkt auf der karte: sie befinden sich hier. wir
sollten etwas wagen, sagst du und gehst über in den sturzflug.
die bunten tücher auf den leinen und überall ist horizont:
wo fängt man da bloss an? eine dunkle wolke, die kinder vor
dem haus hören auf zu spielen, sie sind jetzt gross;
schon wird es wieder dunkel, ein mensch legt sich ins bett.
am nächsten morgen liegt er dort dann immer noch.

———————

die veränderung des lichts wirkt stetig; rabenvögel
unscharf auf den schloten, sowie der fluchtpunkt hinter dem
objekt,
das den horizont markiert. der wind ruht, glas und beton sind
spiegelglatt und rauch steigt senkrecht in die ferne; die gedanken schwärmen aus und stöbern im revier der wolken, auf der
suche nach dem ding, das fehlt. es könnte vieles, könnte alles
sein; und du schmeckst das salz auf deiner zunge, wiederholst
die schluckbewegung, bis sie dir geschmeidig scheint.

———————

die kronen zum spalier gereckt und
eine kalte wand aus regen, hart im wind. hinter
dem feld mit weissem stein, liegt ein weiteres feld, liegt
immer noch ein feld mit weissem stein und weite an den rändern;
und der körper biegt sich, fliegt zur probe eine kurve und verharrt
für den moment im ausserhalb, auf der rückseite der dinge.
die grenzenlose sicht nimmt dir den atem und jener atem ist es,
der dir nicht gehorcht und leise haucht
gute nacht, gute
nacht, gute
nacht.

———————

Die Autoren

Isabella Antweiler, geboren 1975 in Bonn, abeitet als freiberufliche Lektorin und führte vorher ihr eigenes Groß- und Einzelhandelsunternehmen »Isas schöne Dinge«. Sie studierte BWL in Köln, war einige Zeit Dozentin in der Erwachsenenbildung, unter anderem zum Thema Scherenschnitte, veröffentlichte ein Buch zu diesem Thema und hat das Literaturprojekt Story_To_Go auf Twitter ins Leben gerufen.

Martina Bögl, geboren 1978 in Regensburg, studierte Übersetzen und Dolmetschen am Fremdspracheninstitut München und an der Heriot-Watt University in Edinburgh. Auf den Master of Science in Konferenzdolmetschen und Übersetzen folgte eine freiberufliche und festangestellte Tätigkeit als Dolmetscherin und Übersetzerin; 2004 bis 2010 arbeitete sie in der Presseabteilung der Amerikanischen Botschaft in Berlin.

Katharina Hartwell, geboren 1984, studierte von 2003 bis 2010 Anglistik, Amerikanistik und Gender Studies in Frankfurt. 2006 war sie Preisträgerin des Jungen Literaturforums Hessen-Thüringen, 2008 Preisträgerin beim 19. Jungautorenwettbewerb der Regensburger Schriftstellergruppe sowie Förderpreisträgerin des Mainz Kinzig Kulturpreises. 2009 belegte sie den ersten Platz beim MDR-Literaturwettbewerb. Veröffentlichungen unter anderem in »Spella«, »Federwelt«, »Macondo« und dem »Poetmag«.

Judith Keller, geboren 1985 in Lachen/Schweiz, studierte zunächst Germanistik in Zürich. Nach Eröffnung des schweizerischen Literaturinstituts in Biel im Herbst 2006 studierte sie dort zwei Semester Literarisches Schreiben und wechselte im Oktober 2007 an das Deutsche Literaturinstitut in Leipzig. Seit 2010 Mitredakteurin der Literaturzeitschrift »EDIT«.

Susan Kreller, geboren 1977 in Plauen/Sachsen, studierte von 1995 bis 2001 Germanistik und Anglistik in Leipzig und Dublin. 2006 promovierte sie über deutsche Übersetzungen englischsprachiger Kinderlyrik an der Universität Leipzig. Als freie Journalistin tätig, unter anderem für »1000 und 1 Buch« und die »Freie Presse« in Chemnitz. Zahlreiche literarische Veröffentlichungen in Anthologien und Zeitschriften. Mehrere Auszeichnungen, darunter der dritte Platz beim Literaturpreis Prenzlauer Berg 2003 und der erste beim Moerser Literaturpreis 2008. Lebt in Bielefeld.

Anne Krüger, geboren 1975 in Berlin, schreibt Dramen und veröffentlichte 2008 das Hörspiel »Koma Island« (Hessischer Rundfunk). Finalistin beim open mike 2005 und 2009. 2010 Teilnahme an der Prosawerkstatt des LCB. Schreibt gegenwärtig für die Theatersoap »Schönes Neukölln«.

Andreas Lehmann, geboren 1977 in Marburg, studierte nach der Ausbildung zum Verlagskaufmann Buchwissenschaft, Amerikanistik und Komparatistik in Mainz. Er arbeitet im Hörbuchlektorat eines Sach- und Fachbuchverlages in Darmstadt und publizierte bisher Gedichte und Erzählungen in Anthologien und Zeitschriften, unter anderem in »sprachgebunden«, »Der Literat«, »Entwürfe für Literatur«, »wortwerk« und »Macondo«. 2007 belegte er den dritten Platz beim Literaturförderpreis der Stadt Mainz, 2009 erhielt er den Sonderpreis der Berliner Literaturkritik beim Jokers-Lyrik-Preis. Endrundenteilnahme beim 17. open mike 2009 (Prosa). Seit 2009 Teilnahme an der Textwerkstatt Darmstadt unter Leitung von Kurt Drawert. Mitherausgeber der Literaturzeitschrift »Zeichen & Wunder«.

Janko Marklein, geboren 1988 in Bremen. Seit Oktober 2008 Studium am Deutschen Literaturinstitut in Leipzig. Seit Oktober 2009 Studium der Philosophie an der Universität Leipzig. Längere Aufenthalte in Argentinien, Polen und Chile. Veröffentlichungen in Zeitschriften und Anthologien, unter anderem in »manuskripte«, »poetmag« und »BELLA triste«.

Philip Maroldt, geboren 1981 in Berlin, studierte Literaturwissenschaft, Philosophie und Geschichte. Mitbegründer der »S³ LiteraturWerke«, Musiker, Finalist beim 17. open mike 2008. 2010 künstlerische Leitung der vom Berliner Senat geförderten Veranstaltungsreihe »Datenschreiber« (datenschreiber.net).

Tom Müller, geboren 1982 in Berlin, arbeitete als Pizzabäcker, im Schlachthof, als Telefonlosverkäufer und mit behinderten Menschen. Studierte in Tübingen Romanistik, Germanistik und am Studio Literatur und Theater. Lebt als freischaffender Lektor in Berlin. Organisiert die Konzertlesereihe »Bunter Abend – Dichtung, Reise, Rock 'n Roll«.

Jennifer de Negri, geboren 1981 in Günzburg / Bayern, studierte Theaterregie und Szenisches Schreiben in Ulm und lebt als freie Theaterregisseurin und -autorin in München. 2009 erhielt sie das Werkstattstipendium der Stiftung Lyrik Kabinett München. Prosaveröffentlichung in »Entwürfe 1 / 10«.

Frauke Pahlke, geboren 1978, aufgewachsen im niedersächsischen Broistedt, studierte Deutsche Philologie und Medien- und Kommunikationswissenschaft in Göttingen sowie Theaterwissenschaft und Komparatistik in Bochum. Sie schreibt für verschiedene Zeitungen, Zeitschriften und Publikationen und ist Redakteurin des Magazins »pony«. Regelmäßig arbeitet sie in Theaterprojekten. Veröffentlichte die Erzählung »Pottasche« in der Anthologie »Über Tage« im Klartext Verlag (2010).

Sebastian Polmans, geboren 1982, veröffentlichte zuletzt in »manuskripte«, »Style and the familiy tunes«, »[K]améleon« und »Am Erker«. Geistes- und musikwissenschaftliche Studien an Universitäten in Siegen, Hildesheim und Rom. Er war Mitherausgeber der Literaturzeitschrift »BELLA triste«.

Stephan Viktor Reich, geboren 1984 in Kassel. Aufgewachsen im nordhessischen Melsungen. Lebt seit 2004 in Münster (Westfalen), studiert Germanistik, Anglistik und Soziologie. Schreibt seit 2009.

Christian Schich, geboren 1983 in Reutlingen, aufgewachsen in Stuttgart, lebt in München. Reiste nach Thailand und Kuba sowie zu seiner ausgewanderten Familie nach Peru. Mit dem Schreiben begann er auf einer Reise durch Chile. Danach studierte er Deutsch und Englisch in München. Derzeit ist er als Helfer in einem Flüchtlingslager in Südafrika tätig.

Jasmin Seimann, geboren 1984 in Wolfsburg, studierte nach dem Abitur an der Freien Waldorfschule Wolfsburg Bühnentanz bei »Danceworks berlin e. V.« und unterrichtete Kinder und Erwachsene, bevor sie zum Schreiben kam. Es folgte ein Studium der Germanistik und Geschichte an der Georg-August-Universität Göttingen und der Humboldt-Universität Berlin. Sie lebt und arbeitet in der Hauptstadt und publizierte unter anderem im Vergangenheitsverlag und im Stadtmagazin »Tip«.

Jan Skudlarek, geboren 1986 in Hamm, wuchs in Nordrhein-Westfalen und Spanien auf, lebt in Münster. Seit 2004 studiert er Philosophie und Hispanik an der Westfälischen Wilhelms-Universität in Münster. Literarisch tätig seit 2007. Publizierte Gedichte und Gedichtgruppen in Literaturzeitschriften und Anthologien.

Jan Snela, geboren 1980 in München, studiert in Tübingen Komparatistik, Allgemeine Rhetorik, Slawistik und am »Studio für Literatur und Theater«. Teilnahme an den Lesungsreihen »Bunter Abend« und »buch & bühne«. 2009 belegte er den zweiten Platz beim Literaturwettbewerb »Cross over« der Schreibwerkstätten baden-württembergischer Universitäten.

Julia Trompeter, geboren 1980 in Siegburg, studierte Philosophie, Germanistik und Klassische Literaturwissenschaft in Köln. Seit 2005 Redakteurin bei »Einseitig.info«. Promoviert zurzeit über antike Medizintheorie an der Freien Universität Berlin. Sie schreibt Lyrik und Prosa und ist mit Xaver Römer im Rahmen des Projekts »Sprechduette« unterwegs. Sie veröffentlichte in Zeitschriften, Anthologien und Radiosendungen.

Levin Westermann, geboren 1980 in Meerbusch. Studierte Philosophie und Soziologie in Frankfurt am Main. Seit 2009 Studium am Schweizerischen Literaturinstitut Biel/Bienne. Publizierte in diversen Literaturzeitschriften, zuletzt in »entwürfe« (Heft 61/März 2010) und »manuskripte« (Heft 188/Juni 2010).

Die Jury

Hanns-Josef Ortheil, geboren 1951 in Köln, lebt als Schriftsteller in Stuttgart, Wissen an der Sieg und Rom. Er ist Professor für Kreatives Schreiben und Kulturjournalismus an der Universität Hildesheim. Sein Werk wurde mit zahlreichen Preisen ausgezeichnet, unter anderem dem Brandenburger Literaturpreis (2000), dem Thomas-Mann-Preis (2002), dem Georg-K.-Glaser Preis (2004), dem Koblenzer Literaturpreis (2006), dem Nicolas Born-Preis (2007) und zuletzt dem Elisabeth-Langgässer-Literaturpreis (2009). Seine Romane wurden in 20 Sprachen übersetzt. Veröffentlicht wurden unter anderem »Die große Liebe« (2003), »Die geheimen Stunden der Nacht« (2005), »Das Verlangen nach Liebe« (2007), »Die Erfindung des Lebens« (2009) und jüngst »Die Moselreise« (2010).

Ilija Trojanow, geboren 1965 in Sofia, flüchtete mit der Familie über Jugoslawien und Italien nach Deutschland. Er wuchs in Kenia auf, studierte an einer deutschen Universität und gründete dort den Marino Verlag. Er zog für zehn Jahre nach Indien und lebt heute als Autor in Wien. Er wurde bereits mit zahlreichen Preisen ausgezeichnet, unter anderem mit dem Adelbert-von-Chamisso- Preis (2000), dem Preis der Leipziger Buchmesse für »Der Weltensammler« (2006), dem Berliner Literaturpreis (2007), als Mainzer Stadtschreiber (2007) und kürzlich mit dem Würth-Preis für Europäische Literatur (2010). Zu seinen Veröffentlichungen zählen »Die Welt ist groß und Rettung lauert überall« (1996), »An den inneren Ufern Indiens. Eine Reise entlang des Ganges« (2003), »Der Weltensammler« (2006) und zuletzt zusammen mit Juli Zeh »Angriff auf die Freiheit. Sicherheitswahn, Überwachungsstaat und der Abbau bürgerlicher Rechte« (2009).

Anja Utler, geboren 1973 in Schwandorf, studierte Slavistik, Anglistik, Sprecherziehung in Regensburg, Norwich und St. Petersburg. Sie promovierte über Dichterinnen der russischen Moderne und lebt in Regensburg. Sie erhielt den Leonce-und-Lena-Preis für Lyrik (2003), den Horst-Bienek-Förderpreis (2005), ein Stipendium der Akademie Schloss Solitude (2005/2006 und 2008) und neben weiteren den Karl-Sczuka-Förderpreis (2008). Bei der Edition Korrespondenzen erschienen die Lyrikbände »münden – entzüngeln« (2004), »brinnen« (2006, eine gleichnamige CD bei merz&solitude) und »jana, vermacht« (2009).

Die Lektoren

Christian Döring, geboren 1954 in Berlin, war Lektor für deutschsprachige Gegenwartsliteratur beim Suhrkamp Verlag und Programmleiter Literatur beim DuMont Literatur und Kunst Verlag in Köln. Er leitet die Andere Bibliothek im Eichborn Verlag und ist tätig für die Stiftung Lyrik Kabinett, deren Kuratoriumsmitglied er ist. In Venedig veranstaltet er seine Ateliers für Lyrik und Prosa und lebt und arbeitet als freier Lektor und Publizist in Berlin, Paris und in Venedig. Diverse Herausgeberschaften zur Gegenwartsliteratur.

Martin Hielscher, geboren 1957, studierte Germanistik und Philosophie in Hamburg. Nach der Promotion als Autor, Übersetzer, Kritiker und Universitätslehrer tätig. Er ist nach Stationen als Lektor beim Luchterhand Literaturverlag und dem Verlag Kiepenheuer & Witsch seit 2001 Programmleiter für Literatur im Verlag C.H. Beck in München. Darüber hinaus arbeitet er als Honorarprofessor an der Universität Bamberg und Dozent, außerdem als akademischer Lehrer an der European Graduate School in Saas Fee. Er veröffentlichte unter anderem Monografien über Wolfgang Koeppen und Uwe Timm sowie zahlreiche Aufsätze zur deutschsprachigen Gegenwartsliteratur.

Marion Kohler, geboren 1973, studierte Skandinavistik, Anglistik und Publizistik und arbeitet seit 2008 als Programmleiterin für Literatur in der Deutschen Verlags-Anstalt in München.

Olaf Petersenn, geboren 1968 in Lübeck, studierte Neuere Deutsche Literatur, Mediävistik, Philosophie und Pädagogik in Kiel, 1. Staatsexamen in den Fächern Deutsch und Philosophie, danach Lehraufträge und Promotionsstipendium. Nach dem Aufbaustudiengang Kulturmanagement und Literaturvermittlung war er von 1999 bis 2001 als Leiter des Fachbereichs Literatur am Nordkolleg Rendsburg tätig, seit Juli 2001 ist er Lektor für deutschsprachige Literatur im Verlag Kiepenheuer & Witsch.

Christiane Schmidt, geboren 1959, begann 1995 als Lektorin beim neugegründeten Berlin Verlag, 1998 wechselte sie zum Luchterhand Literaturverlag, wo sie für die Sachbuchprogramme der Verlage Luchterhand und Limes zuständig war. Von 2001 bis 2007 war sie bei der Deutschen Verlags-Anstalt und dort ab 2002 verantwortlich für das Literaturprogramm. Seit Februar 2007 arbeitet sie als Cheflektorin beim Hoffmann und Campe Verlag. Ergänzend zu ihrem Beruf übernahm sie Jurorentätigkeiten, Workshops und Moderationen, hielt Vorträge und leitete Seminare für junge Autoren.

Dirk Vaihinger, geboren 1966, studierte Deutsche Literaturwissenschaft und Philosophie. Nach der Promotion arbeitete er als Lektor im Rowohlt Verlag, Reinbek, seit 2000 leitet er den Nagel & Kimche Verlag in Zürich. Zuletzt gab er den Erzählungsband »Die Schweizerreise« (2008) heraus. 2010 leitete er die Jury der Zentralschweizer Literaturförderung. Vaihinger ist Mitglied im Zentralvorstand des schweizerischen Buchhändler- und Verlegerverbands.

Preisträger und Jury 1993–2010

Jahr	Jury	Preisträger
1993	Uwe Kolbe Ginka Steinwachs Peter Wawerzinek	Wolfgang Schlenker Tim Krohn Kathrin Röggla
1994	Bodo Hell Katja Lange-Müller Michael Wildenhain	Ulf Stolterfoth Karen Duve Michael Müller
1995	Sabine Peters Walter Klier Jan Faktor	Julia Franck Sabine Neumann Christian Futscher
1996	Friederike Kretzen Kerstin Hensel Wilhelm Bartsch	Marcus Jensen Vera Henkel Olaf Behrens
1997	Margit Schreiner Kurt Drawert Michael Roes Burkhard Spinnen	Robby Dannenberg Björn Kuhligk Terézia Mora
1998	Brigitte Oleschinski Marlene Streeruwitz Georg M. Oswald	Boris Preckwitz Stephan Groetzner Tobias Hülswitt
1999	Birgit Vanderbeke Kathrin Schmidt Arnold Stadler	Almut Tina Schmidt Jochen Schmidt Michael Stauffer
2000	Terézia Mora Gerhard Falkner Silvio Huonder	Zsuzsa Bánk Claudia Klischat Markus Orths
2001	Julia Franck Jens Sparschuh Adolf Muschg	Nico Bleutge Erika Anna Markmiller Tilman Rammstedt

Jahr	Jury	Preisträger
2002	Ulrike Draesner Josef Haslinger Birgit Kemper	Kai Weyand Christian Schünemann Ariane Grundies
2003	Karen Duve Ingomar v. Kieseritzky Ferdinand Schmatz	Kirsten Fuchs Petra Lehmkuhl Veronika Reichl
2004	Thomas Hettche Michael Lentz Christina Viragh	Christian Schloyer René Becher Rabea Edel
2005	Katja Lange-Müller Lutz Seiler Peter Stamm	Lucy Fricke Dagrun Hintze Jörg Albrecht
2006	Maxim Biller Christoph Geiser Barbara Köhler	Luise Boege Katharina Schwanbeck Julia Zange
2007	Georg Klein Antje Rávic Strubel Raphael Urweider	Johann Trupp Tina Ilse Gintrowski Judith Zander
2008	Thomas Glavinic Monika Rinck Feridun Zaimoglu	Sonia Petner Svealena Kutschke Thien Tran
2009	Ursula Krechel Kathrin Röggla Jens Sparschuh	Konstantin Ames Inger-Maria Mahlke Matthias Senkel
2010	Hanns-Josef Ortheil Ilija Trojanow Anja Utler	

du willst noch mehr
open mike?

dann hol dir auch die siegertexte der vergangenen jahre!
bei allitera bekommst du alle bände ab dem 9. open mike –
und wenn du in einem der bücher mit einem beitrag vertreten bist, erhältst du die anderen zum vorzugspreis!

bestellmöglichkeiten und infos gbt's auf **www.allitera.de**
fragen? dann maile uns an **vertrieb@allitera.de**

17. open mike
Internationaler Wettbewerb
junger deutschsprachiger Prosa
und Lyrik
168 S., Paperback, € 12.80
ISBN 978-3-86906-075-0

16. open mike
Internationaler Wettbewerb
junger deutschsprachiger Prosa
und Lyrik
180 S., Paperback, € 12.80
ISBN 978-3-86906-000-2

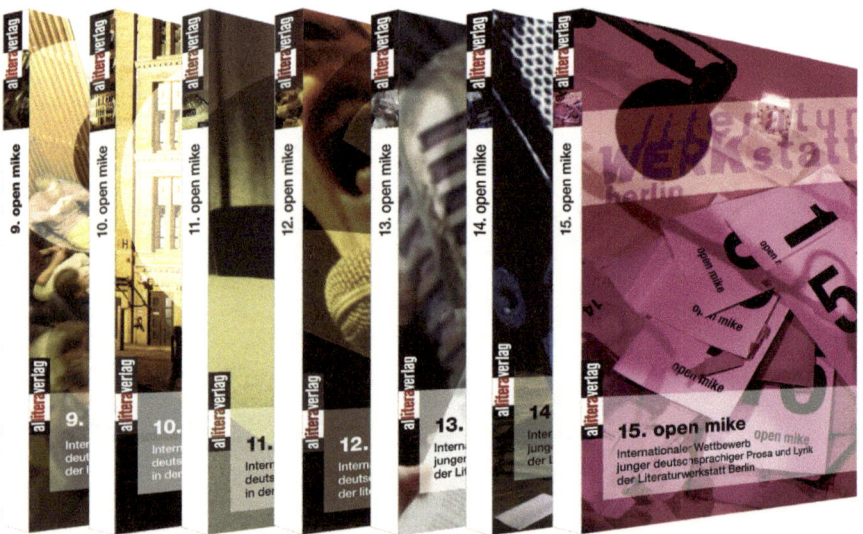